별을 쫓는
소녀들

WITH TOMORROW X TOGETHER

별을 쫓는
소녀들

WITH TOMORROW X TOGETHER

별을 쫓는
소년들

WITH +OMORROW X +OGETHER

별을 쫓는
소녀들

WITH +OMORROW X +OGETHER

별을 쫓는
소녀들

WITH TOMORROW X TOGETHER

WITH TOMORROW X TOGETHER

기획/제작
HYBE

공동기획

WITH +OMORROW × +OGETHER

7

WEBNOVEL

학산문화사

차례

제 72 화

대마법사

스타원이 어렸을 때도, 다 자란 현재까지도 알 수 없을 때 나타나며 영향을 미치는 사람. 도대체 이 사람의 정체는 누구일까.

점술가는 아이들에게 말했다.

"너희의 용기에 행운을 빈다."

아이들은 방긋 웃으며 고개를 끄덕였다. 점술가는 다시 한 번 손을 올렸다.

그러자 공중에서 네 권의 책이 빙글빙글 돌면서 날아왔다. 솔은 멍하니 책들을 바라보았다.

그때였다. 네 권의 책이 공명하며, 희미한 멜로디를 만들어 냈다.

너무나 아름다운 멜로디였다. 하지만 잘 들리지 않았다. 들린다 싶으면 멀어졌고, 따라 부르려고 하면 음이 흩어졌다.

하지만 아이들은 달랐다. 마법진의 힘을 받아서인지 곧잘 따라 부르기 시작했다.

어린 아비스가 먼저 노래를 했다. 아이들은 너무나 쉽게 그 멜로디를 따라 불렀다. 미성이 겹친 음악이 넓은 천막에 울려 퍼졌다.

아이들의 노래를 듣자마자, 용은 움츠리며 날개를 접었다.

희미했던 멜로디는 점점 강해지며, 공간을 울리기 시작했다.

그 순간, 천장이 조금씩 부서졌다. 워터볼이 깨지고 있었다.

아이들이 흐릿하게 멀어져 보이기 시작했다. 그 와중에 유독 선명함을 유지하는 점술가가 말했다.

"너희가 노래를 부르는 소년인 이유. 전사도 마법사도, 학자도 장인도 아닌 이유."

그 순간, 천장이 완전히 부서졌다. 솔은 점술가를 멍하니 바라보았다. 어느덧 아이들은 보이지 않았다. 네 권의 책과, 신비로운 멜로디만 남을 뿐이었다.

점술가는 솔이 보이는 듯 똑바로 응시하며 말했다.

부서지는 천장과 희미한 멜로디 속에서 솔은 정신이 아득해져 갔다.

솔은 정신을 붙잡으며 점술사를 바라보았다. 저 사람이 누구인지 알아내야 했다.

그는 천천히 솔에게 다가왔다.

"바람은 운명을 이기고 기적을 부른다. 불가능한 건 없어."

점술가는 희미하게 웃으면서 로브를 걷었다. 그의 얼굴을 본 순간, 솔은 아무 말도 할 수 없었다.

익숙한 사람이었다. 혼란 속에서 많이 의지한 사람이기도 했다.

솔이 작게 중얼거렸다.

"매니저 형……."

매니저 DK였다. 하지만 매니저일 때와 느낌이 많이 달랐다. 그는 눈빛을 빛내며 솔에게 말했다.

"부서지는 세계 속에서 저항하는 소년들이여. 세계의 염원 속에서 마지막 실마리를 전해줄 수 있어서 다행이라고 생각한단다."

한마디 한마디 더해갈수록 익숙했던 목소리가 변해갔다. 솔은 이것이 그의 원래 목소리라는 것을 알았다.

선율처럼 부드러운 목소리였다.

"나는 대마법사. 너희의 오랜 동료란다. 천천히 설명하고 싶지만, 자세한 걸 말할 시간이 없구나. 사랑스러운 소년들이여."

익숙하지만 낯선 사람이 기쁜 듯이 웃었다.

"너희가 어렸을 적 내가 전해준, 가장 순수할 때 불렀던 별의 노래를 찾으렴. 그것만이 멸망을 막을 수 있을 거다."

네 권의 책은 그의 말을 알아듣는 듯, 대마법사의 말에 공명했다. 점점 사라지는 노랫소리는 끊어질 듯이 이어졌다.

아름다운 노래였다. 그래서 계속 듣고 싶기만 했다. 이것이 별의 노래인 걸까.

솔은 신비로운 멜로디에 홀린 듯이 있었다. 매니저, 아니, 대마법사는 그런 솔을 보며 희미하게 웃었다.

그때, 솔은 퍼뜩 정신을 차렸다. 대마법사에게 묻고 싶은 것이 많았다.

솔은 달려가서 그의 로브를 잡았다. 그는 그런 솔을 보며 조금 당황했는지 순간 눈동자가 커졌다.

"매니저 형! 당신은 누구예요? 진짜 정체가 뭐냐구요!"

대마법사는 아무 말도 하지 않았다. 그저 안심하라는 듯 천천히 솔의 손을 잡을 뿐이었다.

하지만 이상하게도 분명히 피부가 닿았는데 온기가 느껴지지 않았다. 마치 유령과 닿은 것 같았다.

솔은 그제야 알았다. 눈앞에 보이는 사람은 점점 희미해지고 있었다.

"솔아, 괜찮아."

"매니저 형!"

"미안하다. 많은 것을 예비해놨지만 한없이 부족하구나. 이제야 알려주게 되어서 미안하다. 좀 더 일찍 자세하게 밝히고 싶었지만, 운명의 관성과 세상의 대가가 막더구나."

대마법사는 솔의 팔목을 가리켰다. 솔은 그제야 알았다. 습관처럼 차고 있던 스마트 워치의 액정에 마법진이 그려져 있었다.

이 스마트 워치도 매니저 DK가 준 것이었다. 혹시 이것도 미리 안배된 것이었을까?

대마법사는 점점 더 희미해졌다.

"이제 나에게 주어진 시간은 다 끝났다. 사랑스러운 아이들아."

솔은 고개를 저었다. 대마법사가 사라지는 걸 막고 싶었다. 어떤 사람인지는 아직 정확히 몰랐다. 하지만 이 사람이 사라지는 건 슬펐다.

하지만 솔의 바람은 이루어지지 않았다. 대마법사는 이제 형태도 보이지 않았다.

그는 결국 사라졌다.

솔의 손을 잡고 있던 팔도 이제 없었다. 짙게 차 있던 마력들도 점점 희미해졌다. 솔은 대마법사가 잡고 있던 손목을 바라보았다.

사라지는 공간 사이, 마지막으로 대마법사의 목소리가 울렸다.

"조금이라도 도움이 됐니?"

마치 유언처럼 남은 말이었다. 솔은 그가 잡고 있던 손목을 쓸었다.

매니저 DK는 도대체 누구였을까. 오직, 세상을 구하려고 애썼던 사람과 관련이 있구나 짐작할 뿐이었다.

이 사람이야말로 용의 일족과 멸룡도가의 사이에서 자신들을 도와준 유일한 이였다.

세상이 점점 어두워졌다. 네 권의 책이 사라지고, 멜로디도 끊겼다. 어둠이 천천히 파도처럼 밀려왔다.

솔은 눈을 깜박였다. 어느덧 세상은 언제 그랬냐는 듯 연습실 복도였다.

천천히 고개를 들어서, 복도에 있는 사람들을 바라보았다.

연습실 복도에 남은 이들은 스타원과 매니저 DK뿐이었다.

"어? 솔 형이 워터볼에서 나오니까 우리도 이곳으로 함께 돌아왔어."

비켄이 어리둥절해하며 말했다.

"그 속에서 무슨 일이 있었던 거야?"

유진이 솔에게 물었다.

"응, 자세한 건 천천히 설명해 줄게."

솔이 대답했다.

한편.

"아니, 여기는 어디야! 뭐지? 나 왜 이런 곳에 있어!"

저 사람은 솔이 알고 있던 매니저 DK가 아닐 것이었다.

솔은 슬픈 눈으로 달라진 사람을 바라보았다. 혼란 속에서 하나는 확신했다. 이제 매니저 DK를 더는 볼 수 없었다.

솔은 슬픔을 꾹 참으며 주사위를 꽉 쥐었다. 그리고 조금 놀랐다. 주사위에는 거의 온기가 없었다.

무슨 일이 있었는지는 모르지만, 솔이 우울해하자 유진이

기운 내라는 듯 다가와서 솔의 어깨를 툭 쳤다.

솔은 고개를 끄덕였다. 솔도 알았다. 이별에 슬퍼할 시간이 없었다. 매니저 DK의 말처럼, 별의 노래를 찾아야 했다.

숙소로 돌아온 솔은 멤버들에게 있었던 일을 설명했다. 다들 어렸을 때 만난 적이 있다는 사실에 놀라워했다.

하지만 누구도 같이 놀았다는 사실과, 노래에 대해 기억하는 이는 없었다.

그 이후로 스타원은 틈만 나면 서로 의논했다. 하지만 아무리 대화를 해도 매니저 DK가 어떤 사람인지, 별의 노래가 무엇인지 확실히 알 수 없었다.

비켄이 테이블 위에 엎드리며 말했다.

"그나저나 그 각자의 책들 말이야. 역시 그때 다른 세계에서 만났던 사람은 또 다른 나였구나."

솔은 알고 있었지만, 멤버들은 넌지시 느꼈던 것을 이제 확실히 깨달았다.

스타윈은 지나간 세계 속의 자신들을 떠올렸다. 또 다른 자신은 각각의 세계를 구하기 위해서 최선을 다했다. 짧은 침묵이 지나갔다.

"TRPG 게임을 통해서 각자의 세계에 대한 선택을 하고 엿본 것 같아."

적막을 깬 사람은 솔이었다. 솔은 테이블 위에 손을 모은 채 물었다.

"아 참. 그럼, 그때 별빛 축제 때의 내 모습을 워터볼로 본 거야?"

그러자 비켄이 얼굴을 들며 말했다.

"응. 소리는 들리지 않았지만, 워터볼 속 형이 열심히 움직이더라. 둥근 스크린으로 영화 보는 줄 알았어. 그런데 그거 무슨 마법일까. 콜로세움 때도 느꼈지만, 공간 마법의 일종일까?"

"그때 콜롬세움에서는 신이 만들었다고 했잖아. 그럼 매니저 DK는 신이었을까?"

솔의 물음에 타호는 고개를 저었다.

"신이면 좀 더 전지전능하지 않을까? 하지만 뭔가를 많이 준비한 사람인 건 맞는 거 같아. 이건 내 추측인데 말이야."

타호가 이어서 말했다.

"이 광활한 세계에서 우리만 세상을 구하려고 했을 거 같지 않아. 대마법사는 아마 언젠가 필요힐 때마나 나타나 우리를 크게 도와줬던 사람 아닐까? 수없이 많이 반복하며 말이야. 이 세계의 멸망을 완전히 끝낼 때까지."

솔을 제외한 스타원은 각자 다른 세계에서 만났던 사람을 떠올렸다. 간절해서 슬픈 사람들이 기억 속에서 스쳐 지나갔다.

하얀 세계를 생각하면서 조금 슬퍼진 비켄이 말했다.

"우리는 아마 그 세계에서도 만났을 거야. 몇 번이고 말이야."

아비스가 말했다.

"왜 우리를 운명의 소년들이라 불렀는지 알 거 같아. 우리는 어떤 곳에 있더라도 멸망을 막으려고 했나 봐."

아비스가 말하자 비켄이 조금 웃으며 말했다.

"그런데 우린 다른 세계에서는 제법 능력 있던데, 왜 이번 생에서는 마법 아이돌인 거지?"

"그때 매니저 형이었던 대마법사가 말했잖아. 우리가 전사도 마법사도 아닌, 가수인 이유가 분명히 있다고 말이야. 우리가 아이돌인 이유는, 아마도 그 별의 노래 때문이겠지."

유진이 골똘히 생각하며 말했다.

스타원은 별빛 축제를 떠올렸다. 어렸을 적, 잊고 있던 기억이었다. 그렇게 아름답고 신비로웠던 기억이 잊힌 건 세상의 대가성이 아니었을까.

솔은 멤버들을 한 명 한 명 바라보았다.

그래. 서로가 만난 것은 결코 우연이 아니었다. 어쩌면 운명보다 깊은 인연일지도 몰랐다.

솔은 진지하게 다시 물었다.

"별의 노래가 뭘까?"

솔은 저번에 들었던 별의 노래를 떠올렸다. 한번 따라 부르려고 했지만, 머릿속에서 메아리칠 뿐 소리가 나지 않았다. 무언가 수단이 있어야 부를 수 있는 노래인 듯했다.

타호는 마법서를 꺼냈다.

"아마 노래 마법인 챈트일 거야. 음, 최대한 알아볼게."

"아, 이럴 거면 좀 더 일찍 알려주지."

아비스가 책망하듯 말했다.

솔은 한숨을 내쉬었다.

"대마법사도 일찍 알려주고 싶지 않았을까? 그런데 모든 게

다 때가 있나 봐."

솔의 말에 유진은 고개를 끄덕였다.

"맞는 거 같아. 우리도 다른 세계에서 많은 도움을 받을 수는 없었잖아. 금제가 걸린 게 확실해."

비켄은 의자에 기대어 앉으며 중얼거렸다.

"그럼, 우린 이제 뭘 해야 할까?"

그때, 아비스가 타와키를 쓰다듬으며 말했다.

"최선을 다해서 기다려야 하지 않을까? 모든 건 때가 있다며."

작은 타와키가 아비스의 어깨에서 파닥거렸다.

"아무것도 몰라서 불안해. 바라는 건 오직 하나. 감히 세상의 멸망을 막고 싶을 뿐이야. 하지만 초조해한다고 해결되는 건 없어."

아비스의 말에 스타원은 깊이 동감했다.

솔은 고개를 끄덕이며 숨을 골랐다. 이럴수록 지금 할 수 있는 일을 해야 했다.

생각은 한 바퀴 돌아서 다시 제자리로 왔다.

'별의 노래에 대해서 알아야 해.'

하지만 그걸 어떻게 알 수 있지?

솔이 고민을 거듭할 때였다. 갑자기 손목에 낯선 감촉이 느껴졌다. 고개를 내리니, 하얀 뱀이 솔의 소매 속으로 파고들고 있었다.

솔이 차가운 감촉에 놀란 걸 달래듯이 하얀 뱀은 느릿하게 눈을 깜박였다.

조금 위안이 되긴 했다. 솔은 살짝 웃으며 환수를 쓰다듬었다.

늘 말을 아끼던, 지혜의 환수였다.

제 73화

예언가

솔은 자려고 누워 불을 껐지만, 잠이 쉽사리 오지 않았다.

상념은 꼬리에 꼬리를 물고 이어졌다. 솔은 누워 있다가 일어나 침대에 앉아서 온기를 잃은 주사위를 매만졌다.

방에 혼자 있는 건 아니었다. 볼퍼팅어가 침대 위에서 코를 골며 자고 있었다. 게다가, 오늘은 손님이 하나 더 있었다.

하얀 뱀이 목덜미 쪽에서 스르륵 움직였다. 이 작은 소환수는 무슨 일인지, 금세 사라지곤 하는 평소와는 다르게 아까부터 쭉 솔의 곁에 있었다.

솔은 창가 쪽으로 다가가 커튼을 젖혔다. 드러난 하늘에는 별이 쏟아질 듯이 반짝였다.

솔은 지혜의 환수에게 속삭였다.

"옛날에는 별빛을 보고 길을 찾았대."

별의 길을 읽는 방법을 알면 길을 잃지 않는 걸까.

하얀 뱀이 눈을 깜박이며 긴 혀를 날름거렸다. 쉑쉑거리는 게, 무슨 말을 하는 거 같았다.

알아들을 수는 없었다. 하지만 솔은 이 뱀이 자신을 걱정하고 있다는 게 느껴졌다.

솔은 뱀을 쓰다듬으며 말했다.

"어쨌든 위로해 주는 거지? 고마워. 에휴, 우선 지금 할 수 있는 걸 해야지. 지금은 그게 수면인 거 같아. 자자, 너도 같이 자자. 쉬어야 체력도 회복되지."

솔은 애써 침대 위에 누웠다. 물론 여전히 잠은 오지 않았다. 머리가 지끈거려 왔다.

솔은 습관적으로 주사위를 꽉 쥐었다.

그렇게 한참을 뒤척거리다가 겨우 잠이 들었을 때였다.

솨아-. 솨아-.

눈을 감고 있던 솔은 부스스하게 눈을 뜨고 나른한 몸을 일으켰다.

어디선가 바람에 나뭇잎이 스치는 소리가 났다.

피부에 닿는 바람이 기분 좋았다. 솔은 눈을 비비며 주위를 둘러보았다.

제일 먼저 보인 건, 별빛이 쏟아지는 언덕이었다. 찬란하게 반짝이는 별들을 보자 감탄이 절로 나왔다.

'이곳은 어디일까?'

그다음 눈에 띄는 건, 하늘을 찌를 듯이 서 있는 커다란 나무였다.

솔은 땅에 자란 풀들을 살펴봤다. 생긴 것이 특이했다. 솔은 이곳이 다른 세계임을 직감했다.

솔은 조심스럽게 풀밭을 걸으며 발걸음을 옮기다가 아차 했다. 맨발에 잠옷 차림이었다.

'잠든 후에 왔구나. 수면 속 세계인가?'

괜스레 잠옷을 매만질 때였다. 손목 위로 낯선 감촉이 느껴졌다. 슬쩍 손목을 걷으니, 잠들 때 같이 있었던 하얀 뱀이 보였다.

순간, 웃음이 나왔다.

"같이 와준 거야?"

솔은 하얀 뱀을 살살 쓰다듬으며 다시 주위를 둘러보았다. 그때 먼 곳에서 바스락거리는 소리가 들렸다.

솔은 소리가 난 쪽으로 고개를 돌렸다. 한 인영이 자신에게 다가오고 있었다.

솔은 놀라지 않았다. 사실 언젠가 만날 거라 예상하였다. 하지만 그 사람의 얼굴을 확인한 순간, 순수하게 감탄이 나왔다.

머리카락이 별처럼 반짝였다. 바람결에 휘날리는 긴 금발은 매우 아름다웠다.

또 다른 자신이 말했다.

"놀라지 않네?"

"슬슬 만날 거라 생각했어."

처음 만났지만 익숙함이 느껴졌다. 같지만 다른 사람 둘은 그렇게 서로를 보며 웃었다.

"별의 움직임을 보고 소원을 빌었어. 곧 널 만날 때가 오지 않을까 하고. 그런데 역시나 이뤄졌네. 안녕, 또 다른 나야. 무엇을 원하니?"

움직일 때마다 눈부신 금발이 흩어졌다. 솔은 고개를 갸웃거리며 물었다.

"네 소원을 먼저 알려줘야 하지 않아? 아니, 그 이전에 소개부터 해줘."

솔의 말에 상대는 소리를 내어 웃었다. 맑은 웃음소리가 별빛이 쏟아지는 언덕에 흩어졌다.

그 사람은 한쪽 손을 가슴에 대며 말했다.

"미안해. 아, 자기소개가 먼저지. 나는 예언자야. 예언자라고 불러줘."

이 세계의 인사법인 모양이었다. 솔은 고개를 끄덕였다. 예언자는 올렸던 팔을 내리며 말했다.

"게다가 내 소원은 굉장히 쉬워. 내 바람에 대해서…… 음, 그래. 응원을 부탁해."

그건 정말 쉬운 일이었다. 심지어 바로 할 수 있었다.

"히, 힘내?"

"고마워. 힘낼게."

진짜 이걸로 끝인 걸까. 이래도 되는 건가? 솔이 눈을 깜박이자, 예언가는 살짝 웃었다.

"정말 이걸로 괜찮은 거야?"

"응. 지금 내가 하려는 일이 무모해서 그런가. 내 말이 다 허황된 꿈처럼 느껴지나 봐. 그래서일까. 응원은커녕, 말조차 믿어주지 않네."

솔은 쓰게 웃었다.

믿어주지 않는다는 거. 솔도 경험이 있었다.

'진짜 이 사람은 나랑 같은 존재구나.'

솔은 그때 대마법사가 말해준 자신의 진명을 떠올렸다.

'아무도 그의 말을 믿어주지 않는 사람.'

솔은 숨을 길게 내쉬었다. 마법 없는 아이돌일 때부터 겪어온 일이 뇌리를 스쳐 지나갔다.

한참 혼란스러웠을 때, 제일 가까운 멤버들조차 자신의 말을 믿어주지 않았다.

예언가는 솔의 표정을 보며 쓰게 웃었다.

"우리 비슷한 것을 공유하고 있나 보다."

그건 아니었다. 솔은 바로 고개를 저었다.

"괜찮아. 지금은 가장 소중한 사람들이 믿어주니까."

"그래? 신기하다. 그것도 나와 같네. 세상 사람들 대부분 내 말을 믿어주지 않는데, 몇 명의 친구는 믿어주거든."

예언가는 활짝 웃었다. 아름다웠지만, 아픔이 느껴졌다. 그래서일까. 그 미소가 마치 흔들리는 별같이 느껴졌다.

"이게 얼마나 기쁜지 경험해 보지 않으면 모를 거야."

예언가의 말이 끝나자마자 밤하늘의 별 하나가 떨어졌다. 그 모습은 매우 경이롭고 아름다웠지만, 예언가는 슬픈 눈으로 바라보았다.

"나는 예언가야. 엘프의 피를 이어받아서 아주 정확한 예언을 하지. 예언이란, 정해진 미래의 틈을 보는 거야."

언덕 위에 다시 바람이 불었다. 예언가의 머리카락이 나풀나풀 휘날렸다.

"하지만 나는 미래가 바뀔 수 있다고 주장하고 있어. 더 정확히는, 바꿀 수 있다고."

앞뒤가 맞지 않았다. 이건 모순된 의견이었다. 예언가도 그걸 아는지 고개를 끄덕였다.

"알아. 예언가 주제에, 미래를 바꿀 수 있다고 하는 건 정말 이상한 거."

예언가는 고개를 푹 숙였다.

"아무도 믿어주질 않더라. 하지만 내가 본 미래는 절대로 이루어지면 안 돼."

솔은 순간 두 손을 꽉 쥐었다.

미래를 바꾸는 건 솔도 염원하는 거였다.

"정말 미래가 바뀔 수 있어?"

"한없이 힘들지만 불가능하진 않아. 거대한 대가가 필요할 거야. 살아 있는 것보다 죽는 게 편할 정도로 엄청난 고통이 필요할지도 몰라. 아마 목숨보다 더한 걸 내던져야겠지."

예언가는 자신의 어깨를 양손으로 꽉 잡았다. 몸이 사시나무처럼 떨리고 있었다.

"사실 실마리를 잡는 것조차 어려워. 하지만 나는 포기할 수 없어. 어떻게 멸망을 받아들이란 말이야. 우리가 죄다 죽는다는데. 그것에 순응할 수 있어?"

예언가는 감정이 격해졌는지 손가락에 힘을 줬다. 손톱이 살을 파고들었다.

솔은 예언가의 말에 깊게 공감했다.

'그런 건 받아들일 수 없어. 설령 정해진 미래라고 해도 말이야. 최대한 부딪혀봐야지.'

정해진 예언이라고 순응해버리면 그것으로 끝이었다.

솔은 예언가의 손을 어깨에서 뗐다. 덕분에 파고들던 손가락이 멈췄다.

"고마워. 불안할 때 가끔 이래."

예언가는 팔에 힘을 뺐다. 한쪽 팔이 힘없이 떨어졌다.

"어떤 이들은 그것이 운명이라면 받아들이자고 하더라. 정해진 끝이라면 어쩔 수 없는 거라면서. 씁쓸한 건, 그렇게 받아들이자는 사람들이 세상에 더 많다는 거야. 그 말이 얼마나 무거웠는지……."

어디를 가나 사는 건 비슷한 걸까. 솔도 저런 얘기를 하는 사람들을 알았다.

솔은 마법서에 쓰여 있던 세상의 종말을 떠올렸다.

멸룡도가와 용의 일족.

각자의 목표와 이해관계가 얽혀 있는 여러 집단들.

그리고 꿈에서 본 예지를 떠올렸다.

자신과 멤버들의 죽음.

그리고⋯⋯ 마지막으로 모든 것의 희망인 '별의 노래'.

솔은 같은 길을 걸어가는 또 다른 자신에게 진지하게 물었다.

"나도 같은 의견이야. 이런 건 받아들일 수 없어. 그런데 어떻게 미래를 바꿀 수 있어? 방법이 있는 거야?"

"음, 설명이 힘드네. 보여주는 게 빠르겠다."

예언가는 손가락으로 허공에 무늬를 그렸다. 그러자 작은 상자가 떨어졌다. 예언가는 상자를 가볍게 받았다.

"이건 노련한 장인이 만든 상자야. 우리는 이 상자 연구를 거듭하고 있어. 이 상자에 멸망을 봉인시키려고 해."

솔은 그 상자를 자세히 살펴보았다. 기하학적인 무늬의 패턴이 어디서 본 거 같았다.

"이건 우리의 희망이야. 나랑 의견이 같은 동료들이 필사적으로 찾은 결과물이기도 해. 여러 방법을 찾았지만, 이것만이 유일한 탈출구라고 할 수 있지.”

솔은 다시 한번 상자를 바라보았다. 이런 상자가 있다면 우리도 용을 봉인시킬 수 있는 걸까.

하지만 솔은 빠르게 포기할 수밖에 없었다.

“멸망을 봉인하려는 만큼, 조건이 굉장히 까다로워. 엄청난 마력과 생명력, 그리고 기억의 상실과 수많은 세월이 필요해.”

솔은 이마를 짚었다. 자신도 멤버들도 그 조건을 충족시키기는 어려웠다.

“그렇구나. 우리도 이런 게 필요한 상황이야. 하지만 우리는 조금 강해졌을 뿐, 대단한 마법사는 아니라서 아마 이 상자가 있더라도 잘 쓸 수 없을 거야.”

물론 스타원의 세계에서는 엄청난 마법 아이돌로 환호를 받고 있긴 했다. 매스컴은 매번 ‘과거에도 미래에도 이런 환상적인 마법 아이돌은 없을 것’이라고 주장했다.

하지만 솔은 스타원의 마법 능력이 너무나 부족하다고 느꼈다.

다른 세계에서 본 것과 같은 엄청난 마법들은 할 수 없었다.

할 수 있는 건 별로 없는데, 해야 할 건 너무나 거대했다.

그런데도, 세상을 구하고 싶었다.

솔은 초조함에 한숨을 내쉬었다. 예언가가 안타까운 눈으로 말했다.

"아무런 방법이 없어? 작은 실마리라도 없는 거야?"

"실마리는 있어."

작은 촛불 같은 희망이 있었다. 솔은 주먹을 꽉 쥐었다.

"별의 노래. 혹시 알아? 아는 게 있다면 뭐라도 좋아. 얘기해 줘."

솔은 어린 자신이 불렀던 별의 노래를 떠올렸다. 그때 대마법사가 어렴풋이 알려줬지만, 지금은 아무것도 떠올릴 수 없었다. 솔뿐만 아니라 스타원 모두 다 별의 노래에 대해서는 감조차 잡을 수 없었다.

예언가는 천천히 말을 시작했다.

"잘은 몰라. 전설처럼 내려오는 내용만 조금 알 뿐이야. 일단, 별의 노래를 부르기 위해서는 빙의 마법의 정점이 필요해. 그리고 세상을 이루는 근원인 가장 순수한 사랑이 함께해야 하지. 아마 형상을 이룬 사념체로 존재할 거야."

솔은 조금 놀랐다.

늘 고통스러웠던 빙의 마법과 대조되는 사랑이라는 단어가 퍽 아름답게 느껴졌다.

멸망이 예정된 이 세계에 그토록 순수한 사랑이 아직 남아 있기는 할까.

게다가, 별의 노래를 부르는데 빙의 마법이 필요한지는 전혀 몰랐었다.

빙의 마법이라…….

빙의 마법을 하면 괴로워하는 멤버들의 모습이 가장 먼저 떠올랐다.

"왜 하필 고통스러운 빙의 마법인 걸까? 무슨 이유라도 있는 걸까?"

"고통스럽다고? 빙의 마법이?"

예언가는 고개를 저었다.

"그렇지 않아. 빙의된 존재와 섞여서 이지를 잃는 일이 있어도, 빙의 마법 자체가 괴롭지는 않아."

솔은 눈을 깜박였다. 이건 정말 생각지도 못한 거였다.

"우리는 아니었어. 멤버들은 모두 빙의 마법을 시전할 때마다 아픔에 진저리를 쳤어."

그래서 솔은 매우 당황스러웠다. 습격이 그쳐서 겨우 빙의 마법과 멀어지고 있었다.

그런데 별의 노래를 부르려면 빙의 마법의 정수가 필요하다니.

"너의 세계와 우리의 세계가 달라서 빙의 마법의 정체성 자체가 다를 수도 있어. 하지만 마법을 실현하는 것 자체가 고통스럽다면, 이건 뭔가 다른 개입이 있었던 것 같다."

솔은 조심스럽게 물었다.

"개입이라니?"

예언가는 미간을 찌푸리며 대답했다.

"누군가가 너희들이 강해지는 걸 교묘하게 방해한 것 같은데?"

제 74 화

당연한 깨달음

'멸룡도가 말고 또 다른 방해 세력이 있었다고? 이게 사실일까?'

솔은 깜짝 놀랐다. 초조함에 심장이 두근거렸다. 우리가 누군가에게 또 당했다는 걸까.

이미 두 집단의 어리석은 싸움에 실컷 휘말렸었다.

멤버들은 겪지 않아도 될 고통을 실컷 겪었다. 일련의 일들로 강해지긴 했지만, 굳이 겪지 않아도 될 일들이었다.

'만약 내가 조금 더 강했다면, 현명했다면…… 멤버들이 그렇게 고생하지 않아도 되었을까?'

솔은 아마 멤버들 모두 비슷한 생각을 할 거라고 여겼다. 다들 애써 티는 내고 있지 않지만 말이다.

아무튼, 이 부분에 대해서는 멤버들과 다시 얘기를 해봐야

했다.

서로 대화하지 않은 무언가가 있을지 몰랐다.

불안감이 스멀스멀 올라왔다. 솔은 고개를 저으며 생각을 털어냈다. 지금은 우선 다른 일을 해야 했다.

'별의 노래에 대해서 뭔가 더 알아야 해. 분명히 이곳에는 단서가 있을 거야.'

솔은 다시 고개를 들고 물었다.

"별의 노래에 대해서 더 자세히 알려줘. 아는 게 있어?"

예언가는 잠시 눈을 감았다. 그리고 전설처럼 내려오는 구절을 전해줬다.

"들어라. 맨 처음 우주가 생길 때, 세계를 채웠던 가장 아름답고 순수한 노래를."

예언가는 눈을 떴다.

"노래의 전래에 대해서는 들은 적이 있지만, 이곳의 누구도 멜로디는 몰라. 나는 이름 자체도 오랜만에 듣는걸."

솔은 한숨을 내쉬었다. 이곳은 자신의 세계보다 마법이 훨씬 더 발전한 곳이었다. 하지만 이곳에서도 별의 노래에 대해서는 모호한 거 같았다.

"대마법사는 별의 노래만이 우리의 바람을 이루어줄 수 있다고 했어. 세계의 멸망을 막는 것 말이야."

뭔가 방법이 없는 걸까. 어떻게 하면 별의 노래에 대해 알 수
있는 걸까.

초조할 때마다 그때 들었던 멜로디를 떠올려봤지만, 목소리
가 아예 나오지 않았다.

고민하는 솔을 보던 예언가는 하늘을 바라보았다. 별 하나
가 다시 하늘에서 사라졌다.

예언가는 두 손을 모았다.

"별은 모든 것을 알고 있다."

예언가의 목소리가 좀 다르게 들렸다. 나직한 목소리가 귓
가에 울려 퍼졌다. 솔은 이것이 아마 타호가 말하는 챈트라는
것을 깨달았다.

"헤매는 이에게 길을."

바람이 예언가의 손을 타고 올라왔다. 살랑거리던 머리카락
을 흐트러트린 바람은, 어느 순간 순식간에 사라졌다.

예언가는 조금 웃으며 말했다.

"이게 챈트의 일종이야. 나는 노래를 잘 부르지 못해서 여기

까지가 한계야. 일반적인 챈트의 의미를 생각해 보면, 별의 노래는 아마 노래를 굉장히 잘 부르는 사람이 할 수 있을 거야."

노래를 잘 부르는 사람이라. 스타원은 가수이자 아이돌이었다. 그 순간, 솔은 모든 것이 준비되어 있다는 생각이 들었다.

'매니저 DK, 아니, 대마법사도 그렇게 말했었어.'

솔은 숨을 내쉬었다. 초조함이 조금씩 가라앉기 시작했다.

"그렇다고 단지 노래를 잘 부르는 것만으로는 안 될 거야. 아까 말했듯, 빙의 마법의 정점으로 엄청난 존재를 불러와야 하거든."

"그게 어떤 존재인지 설명해 줘."

예언가는 고개를 끄덕이며 말했다.

"음악을 창시했다고 전해지는 신수야. 아마 이 존재를 빙의시키려면 엄청난 대가가 따를 거야."

솔은 미간을 찌푸렸다. 엄청난 대가라니. 도대체 어떤 것이 필요한 걸까. 설마 모든 것을 걸어야 하는 걸까. 그것이 목숨일지라도.

솔이 고민을 거듭하자 예언가는 어깨를 토닥였다.

"너무 어렵게 생각하지 마."

"꼭 별의 노래를 불러야 해. 나는……."

솔의 머릿속에서 예언가의 말과 마법서, 용의 일족, 멸룡도가, 세상의 멸망이 어지럽게 섞였다. 하지만 그 모든 복잡한 생각 뒤에 나온 말은 솔조차 조금 의외였다.

"지키고 싶은걸."

"누구를?"

"멤버들과 항상 힘이 되어 주는……."

팬들.

솔은 속으로 대답하고, 놀랐다.

많은 팬이 떠올랐다. 초라한 팬 사인회였을 때도 와준 팬들부터 해외 공연에서 열광하던 외국 팬까지.

스타원에게 너무나 당연하게 늘 힘을 주는 존재들이었다. 항상 이루 말할 수 없이 소중하다고 생각했었다.

'와아아-! 스타원! 스타원!'

그들의 함성이 떠올렸다가 사라졌다. 순간, 조금 웃음이 나왔다.

그들을 지키고 싶었다.

'용에게 세상의 반절을 잃고 싶지 않다.'

매우 당연한 바람이었지만, 전에는 이유를 물으면 명확히 대답하기가 힘들었다.

이제 그 까닭을 확실히 알 것 같았다.

소중한 존재를 조금이라도 잃기 싫었다. 멤버들도, 회사 사람들도, 그리고 들이마시는 공기보다 소중한 팬도 다.

그리고 그들을 지키려면 '별의 노래'에 대해서 더 알아야 했다.

"이대로는 안 돼."

그렇게 중얼거릴 때였다. 하얀 뱀이 솔의 손목을 타고 올라왔다. 서늘한 감촉에 솔은 뱀의 머리를 손가락으로 살짝 쓸었다.

솔은 이 뱀이 익숙했지만, 예언가는 아니었다. 예언가는 하얀 뱀을 보자마자 화들짝 놀랐다.

"깜짝이야!"

"아, 미안. 이 아이가 있다는 걸 미리 말했어야 햇는데."

예언가는 눈을 가늘게 뜨며 하얀 뱀을 보았다.

"호, 혹시 지혜의 환수야?"

"이 뱀에 대해서 알아? 세상에 대해서 많은 것을 알고 있다고 하더라. 그 지혜를 빌리고 싶어도 대화가 잘 통하지 않아.

말이 지워져. 대가성이라 해도 너무한 거 같아."

예언가는 하얀 뱀을 빤히 보다가 다시 솔을 향해 고개를 돌렸다. 눈이 마주치자 씩 웃었다.

"별은 정말 모든 것을 알고 있네. 너를 내게 데려다준 이유도 분명한 것 같아. 내가 너에게 뭘 해줄 수 있는지 방금 확실히 깨달았어."

예언가는 불어오는 바람에 가볍게 머리카락을 넘겼다.

그리고 자연스럽게 한쪽 손을 내밀었다. 작은 나무 상자가 허공에서 천천히 내려왔다.

예언가는 상자를 가볍게 받았다.

"이걸 열면, 일시적으로 환수의 지혜를 빌리는 대가가 없어져. 우리 세계에 있는 아티팩트지. 지속 시간은 길지 않아. 아마 약속의 때가 왔을 때 여는 게 좋을 거야."

이 작은 상자에 엄청난 효과가 숨어 있었다. 솔은 나무 상자를 찬찬히 바라보았다.

굉장한 능력을 지닌 상자들은 비슷한 모양인 걸까. 솔은 조심스럽게 작은 상자를 받았다.

"하지만 이 상자를 여는 데는 조건이 필요해. 반드시 대지의 아이가 필요해."

그건 걱정할 필요가 없었다.

"대지의 아이가 우리 세계에도 있어."

"아, 그렇구나. 다행이다."

솔은 상자를 쓰다듬으며 웃었다.

아직 불안할 때가 더 많았다. 지금도 무서웠다. 하지만…….

"포기하지 않을 거야. 할 수 있는 건 뭐든지 할 거야. 정해져 있는 것이 있으면, 그것을 벗어나려는 힘도 있다고 믿으니까."

예언가는 눈을 깜박이다가 활짝 웃었다. 그러고는 고개를 끄덕였다.

"우리는 정말 같은 길을 걸어가는구나."

예언가는 생각을 정리하듯 머리카락을 뒤로 넘겼다. 그리고 결심한 듯 양손으로 깍지를 꼈다.

말하지 않아도 느껴졌다. 예언가의 눈동자에는 전에 없던 확신이 차 있었다.

"그럼 나도 힘내볼까. 더 방법을 찾아봐야지. 검은 허무에 모든 것을 잡아먹힐 수 없으니까."

검은 허무?

솔은 이 얘기를 알고 있었다. 처음 다른 세계로 갔었을 때, 하얀 설원에서 또 다른 비켄은 검은 허무와 싸웠었다.

'설마…….'

솔은 그제야 눈앞에 있는 나무를 다시금 바라보았다. 신록의 나뭇가지는 하늘까지 높게 펼쳐져 있었다.

"이거 혹시 이그드라실이야?"

"어. 맞아."

"잠깐만……."

솔은 울창한 이파리를 바라보았다. 바람결에 이그드라실이 흔들리자, 녹색 이파리들이 서로 부딪쳤다.

'그 나무는 이렇게 울창하지는 않았어.'

하지만 확실히 느껴졌다. 이 나무는 그때 앙상한 가지만 있던 이그드라실이 맞았다.

"나, 이 세계에 한 번 왔었어. 장소는 같지만, 그때는 시간이 훨씬 많이 지난 세계였어. 대지의 축복을 받은 이가 검은 허무를 이런 상자에 봉인하려고 했어. 그는 매우 힘들어 보였지만, 나는 그가……."

솔은 솔직하게 말했다.

"검은 허무를 봉인하는 데 성공했을 거라고 생각해. 그는 의지가 매우 강했으니까."

예언가의 입술이 파르르 떨렸다.

"세상에. 검은 허무를 봉인한다니. 쉽지 않을 텐데, 그걸 결국 해낸다니⋯⋯."

풀 위로 예언가의 눈물이 이슬처럼 떨어졌다. 예언가는 한참 눈물을 흘렸다. 솔은 가만히 기다렸다.

"수없이 의심했지만, 역시 이 길은 틀리지 않은 거야."

솔은 예언가를 바라보며 조용히 고개를 끄덕였다.

"아⋯⋯."

바람이 부는 언덕 위에 별이 하나 더 떨어질 때 예언가는 눈물을 훔치며 고개를 들었다.

예언가는 안타까운 듯 신음을 내뱉었다. 솔은 예언가가 왜 그러는지 몰라서 주위를 둘러보다 깨달았다. 내려다본 시선에 솔의 발끝이 투명해지고 있었다.

주어진 시간이 짧았다. 벌써 돌아갈 시간이었다.

바람이 부는 언덕 위에 별빛을 담은 금발이 흔들거렸다.

"이제 가는구나."

"응. 아쉽다."

예언가는 자신도 그렇다는 듯 고개를 끄덕였다. 두 사람은 조용히 고개를 들었다.

드넓게 펼쳐진 하늘을 바라보았다.

"작은 별 같은, 또 다른 나야. 잊지 말아줘."

또다시 바람이 불었다. 예언가의 목소리는 바람 속에 섞여 갔다.

"별은 꼭 길을 찾을 거야."

솔은 상자를 꼭 쥔 채 고개를 끄덕였다.

솔의 몸은 점점 사라졌다. 둘이 있던 언덕에는 어느덧 한 사람만 남았다.

금발의 예언가는 언덕에 서서 이제는 홀로 하늘을 바라보았다. 또 다른 자신이 떠나자, 밤하늘의 색이 조금씩 변했다.

예언에 저항했지만, 그것이 쉽지 않다는 건 예언가도 알고 있었다. 다들 하나같이 포기하라고 설득했다. 그 말을 들을 때마다 예언가는 무너지는 기분이었다.

뜻이 맞는 동료를 몇 명 만나서 서로 의지했다. 하지만 가끔은 한계가 느껴졌다.

가끔은 자기 자신조차 믿을 수 없었다.

고집을 부리며 가까운 이들을 희생시키는 것이 아닌지 자괴감이 느껴지곤 했었다.

'하지만 이제 믿을 수 있어.'

실낱같은 가능성을 또 다른 자신이 안겨줬다. 그래서 이제는 의심 없이 나아갈 수 있었다.

예언가는 조용히 언덕에서 돌아섰다. 두 사람이 있던 언덕
에는 이제 아무도 없었다. 오직 바람만이 그 자리에 있을 뿐이
었다.

현실로 돌아온 솔은 창밖을 바라보았다. 유리창 너머 하늘
은 아직도 밤이었다.

'다들 자고 있을까? 아, 아니구나.'

조금 열린 문틈으로 빛이 새어 들어오고 있었다. 누군가가
거실에 있다는 증거였다.

솔은 문밖으로 걸어 나갔다. 예상대로 멤버들이 있었다.

조금 의외였다.

"왜 다들 한 명도 안 자고 거실에 있어?"

비켄이 먼저 탁자에 엎드린 채 말했다.

"잠이 오지 않아."

"불안해. 차라리 서로 얼굴 보고 있는 게 나은 거 같아. 그래
도 잠은 자야 하는데 말이야."

"산책이라도 다녀오고 싶다."

솔은 의자에 앉아서 작은 상자를 내려놓았다.

"산책은 내가 다녀왔어."

"언제? 방에서 자고 있지 않았어?"

솔은 살짝 미소 지으며 말했다.

"좀 먼 곳, 다른 세계를 다녀왔어."

제 75 화

현혹의 대가

"응. 맨 처음 우주가 생길 때 세계를 채웠던 가장 아름답고 순수한 노래라고 하더라. 그리고 그 노래를 부르려면 빙의 마법의 정점이 필요하다고 했어."

타호는 미간을 찌푸리며 자기도 모르게 눈가에 손을 댔다. 지금은 괜찮지만, 빙의 마법만 하면 눈가가 시큰거려서일까. 반사적으로 매만지게 되었다.

한숨이 저절로 나왔다.

"그 고통스러운 마법의 정점이라니."

아비스는 타와키를 쓰다듬으며 물었다.

"솔 형. 어떤 존재를 빙의시켜야 하는 건지도 알아봤어?"

"응. 음악을 창시했다고 전해지는 신수래. 너무나 거대한 존재라서 불러내는 대가가 클 거라고 하더라."

아비스는 진지하게 고민했다. 그리고 바로 눈을 감고 그런 존재를 소환해 보려고 했다. 하지만 곧 고개를 젓게 되었다. 정보가 너무 막연했다. 데려오기는커녕 막연하게 찾을 수도 없었다.

아비스는 땀을 흘리며 탁자에 엎드렸다. 시도만 했는데도 힘이 모조리 빠져나간 거 같았다.

"아비스, 무리하지 마."

"아니야. 반드시 해야 하는 일이잖아. 성공하면 불안이 좀 가실 거 같아. 적어도 며칠은 잠을 잘 수 있지 않을까?"

스타원은 애쓰는 아비스를 안타깝게 바라보았다. 솔은 아비스의 마음이 느껴져서 조금 슬퍼졌다.

타호는 곰곰이 생각하다 탁자에 펼쳐 둔 마법서를 다시 펼쳤다. 유진도 자리에서 일어나며 말했다.

"그래. 아비스처럼 최대한 할 수 있는 노력을 해 봐야지."

"나는 챈트에 대해서 더 알아볼게."

타호가 마법서를 뒤적거리며 말했다.

"나는 포션이라도 더 만들어 놓을게!"

비켄도 이어서 말했다.

스타원은 각자 할 일을 위해서 흩어졌다. 솔은 뭔가를 하려는 멤버들을 보며 예언가를 떠올렸다.

'자신의 말을 믿어주는, 마음이 맞는 동료들을 찾았을 때 정말 기뻤다고 했지.'

그 마음을 솔도 절실하게 알았다. 솔은 자리에서 일어났다. 멤버들처럼, 자신도 할 수 있는 일을 찾아야 했다.

스타원이 멸망에 대비하려 애쓰는 동안에도 데뷔 4주년 돔 콘서트 일정은 충실하게 다가왔다.

기획사는 중요하지 않은 콘서트는 없지만, 4주년 기념 콘서트인 만큼 이번 무대도 굉장히 중요하다며 세세한 부분까지 신경썼다.

엄청난 인파가 모일 거라며 안전에도 대비했다.

스타원은 늘 하던 대로 열심히 연습했다. 하지만 연습하는 동안에도 솔은 계속 생각했다.

절반의 멸망, 별의 노래, 빙의 마법, 신수.

점점 최후의 때가 온다는 것이 느껴졌다. 하지만 그때가 정확히 언제인지는 알 수 없었다.

하지만, 왜인지.

'이런 예감은 안 맞는 게 좋을 텐데.'

콘서트 며칠 전, 리허설을 하러 콘서트장에 들어갔을 때, 솔은 몸이 얼어붙는 듯했다.

처음 와보는 곳이었지만 너무도 익숙했다.

꿈에서 늘 마주했던, 폐허가 된 콘서트장이 한눈에 보였다.

솔은 한참을 콘서트장만 바라보았다.

유진이 그런 솔에게 다가와서 물었다.

"솔아. 왜 그래? 피곤해?"

"유진 형. 아, 아니다. 다 같이 듣는 게 낫겠다."

솔은 손짓해서 멤버들을 불러 모았다.

"내가 자주 말했잖아. 꿈에서 폐허가 된 콘서트장을 봤다고 말이야. 그곳에 사람들이 쓰러져 죽어 있고…… 아무래도 꿈에서 나왔던 곳이 여기 같아."

솔의 말에 멤버들의 얼굴이 창백해졌다. 아직은 그날을 피하고 싶었다.

비켄이 겨우 입을 떼며 말했다.

"나는 그 꿈이 적어도 몇 개월 뒤일 줄 알았어. 우리 콘서트 자체를 취소해야 하는 거 아니야?"

솔은 고개를 저었다.

"아마 그런 식으로는 피할 수 없을 거야. 나는 오히려 그렇게 순간을 모면하면 우리가 가진 조그만 희망마저 사라질 거라고 생각해."

솔은 다시 콘서트장을 둘러보았다.

"이곳이 유일한 희망처럼 느껴져. 모든 것을 예정대로 진행하는 게 좋을 거 같아."

멤버들은 아무 말도 하지 않았다. 멤버 중 누구라도 충분히 반대할 수 있지만, 아무도 그러지 않았다.

확실히 솔의 말에 귀 기울이고 있었다. 솔은 그게 고마워서 작게 웃었다.

"미안해. 답도 없는 이상한 말만 해서."

"아니야."

유진은 숨을 한번 내쉬며 말했다.

"네가 그런 말을 지어내서 하는 건 아닐 테니까. 솔 네 예감대로 해서 나쁜 일은 없었어."

"자, 멤버들 레디해 주세요-! 드라이 리허설 시작합니다."

곧 리허설이 시작한다는 스텝의 목소리가 들렸다. 솔이 동선에 맞는 자리로 걸어갈 때였다. 유진의 목소리가 작게 들렸다.

"……그때도 네 말대로 했으면 좋았을 텐데."

"유진 형?"

"아니, 별것 아니야."

유진은 신경 쓰지 말라는 듯 솔의 어깨를 툭툭 치며 지나갔다. 솔은 그런 유진의 뒷모습을 바라보았다. 뭔가 살짝 불안했다.

솔은 찜찜한 마음을 뒤로하고 리허설과 동선 체크를 마쳤다.

콘서트 날이 멸망의 날임을 알게 된 멤버들은 숙소로 돌아가는 밴에서 침묵 속에서 하염없이 창밖만을 바라보았다.

숙소에 도착한 스타원은 움직일 기력도 없다는 듯 각자의 방으로 들어가 스러지듯 잠들었다.

모두가 잠든 밤.

유진은 홀로 숙소 거실에 앉아 더운 숨을 내뱉었다. 익숙한 고통이 느껴졌다. 머리가 어지럽고, 팔이 타는 거 같았다.

유진은 한쪽 손으로 다른 손을 꽉 잡았다. 한쪽 손의 색이 검게 변해 있었다.

빙의 마법의 후유증이었다. 유진은 소파에서 뒤척이며 신음을 억눌렀다.

유진은 마법을 시작한 때를 떠올렸다. 귓가에 어떤 목소리가 힘을 주겠다고 속삭였다.

'내가 모든 걸 하겠다고 했지.'

그때는 미숙해서 아무것도 몰랐지만, 지금은 알았다. 마법 세계는 끊임없이 대가를 주고받았다. 그런 말은 절대 하면 안

되는 거였다.

유진은 어두운 거실에서 몸을 뒤척였다. 괜찮다가도, 그 어리석음을 잊지 말라는 듯 고통은 기다렸다는 듯 다가왔다.

유진이 다시 더운 숨을 내뱉을 때였다. 갑자기 거실에 불이 켜졌다. 갑작스러운 빛에 유진은 눈을 깜박였다.

거실에 불을 켠 건 솔이었다.

유진은 검은색 손을 밑으로 가리며 괜찮다고, 들어가서 쉬라고 말하려고 했다.

그때 갑자기 기다렸다는 듯 모든 방 문이 열리더니, 멤버들이 다 거실로 나왔다. 유진은 그 순간 깨달았다.

'다들 내가 걱정돼서 잠을 못 자고 있었구나.'

솔은 걱정스러운 얼굴로, 냉장고에 넣어둔 얼음주머니를 가져왔다. 빙의 마법 후유증에 이런 건 듣지 않아서 필요는 없었다. 하지만 위안은 됐다.

"방에 있을 걸 그랬나. 다들 들어가서 자."

"형이 이렇게 아픈데 어떻게 잠이 와."

"맞아. 차라리 얘기라도 하자. 시간이라도 빨리 가면 좀 낫더라."

유진은 웃으면서 뒤척였다. 덕분에 얼음주머니가 움직였다.

솔은 얼음주머니를 바로잡아주며 말했다.

"안 그래도 한번 말할까 싶었어. 이 빙의 마법이 굉장히 신경 쓰여. 예언가가 그랬어. 빙의 마법은 대가성이 큰 마법인 게 문제지, 고통스럽지 않대. 우리 빙의 마법 좀 이상한 거 같지 않아?"

유진은 순간 크게 움찔했다. 타호가 조심스럽게 물었다.

"그쪽이랑 이쪽 마법이 다른 거 아니야?"

"나도 그때 비슷한 생각을 했어. 그런데 만약 같다고 가정하면 말이야. 왜 고통스러운지도 물었거든."

유진의 손이 희미하게 떨렸다.

"누군가가 개입한 거 아니냐고 하더라. 아마 우리가 강해지는 걸 방해한 거 같다고 했어."

툭─

얼음주머니가 떨어졌다. 하지만 이번에는 아무도 그것을 줍지 않았다.

유진의 손이 계속 떨렸다. 이건 고통 때문이 아니었다.

"아……."

유진은 그때 들었던 목소리를 떠올렸다. 오드아이인 고양이가 말했었다.

《대신 대가가 따를 거야. 계약하겠어?》

그때 자신이 그랬었다.

'할게! 무엇이든 할게!'

유진의 심상치 않은 기색에 멤버들은 말하지 않고 유진을 기다렸다.

유진은 숨을 헐떡인 뒤, 수없이 혼자서 했던 생각을 토해냈다.

"나 때문이야. 그, 그때 내가 어떤 존재에게, 무엇이든 하겠다고 했었어. 힘을 주면, 무엇이든 하겠다고……. 그래. 맞아. 내가 모든 걸 망쳤어."

생각해 보면 그것만 망친 게 아니었다.

"쓸데없는 고집을 부렸었어. 갑갑한 상황에서 솔 너에게 대책을 말하라고 화를 냈어. 그래. 맞아. 내가 다 엉망으로 만든 거야."

"유진 형……. 그게 무슨 말이야? 어떤 존재라니?"

스타원은 큰 충격을 받았다. 애써 괜찮다고 하려고 했지만, 그 말이 나오지 않았다.

아직도 숨겨진 비밀이 있는 걸까.

모든 것이 어려웠다. 챈트도, 신수의 빙의도 겨우 실마리만 있는 상태였다.

이렇게 모든 게 어려운데, 유진은 지금 자신이 무언가에 현혹됐다고 고백하고 있었다.

용의 일족도 멸룡도가도 아닌 누군가에게 속아서 우리가 힘든 거였다니.

"예전에 우리가 컴백 준비 연습하고 퇴근하다가 멸룡도가의 습격을 받았을 때, 기억나? 우리는 힘이 약해서 수세에 몰려 있었어. 그때 갑자기 귓가에 정체 모를 목소리가 들려왔어. 자신과 계약하면 강한 힘을 줄 테니, 내가 가진 것을 줄 수 있겠냐고 말이야. 그때의 나는 어떤 대가를 줘야 할지 깊게 생각조차 하지 않고, 그저 알겠다고만 했어."

솔은 이마에 손을 얹었다. 상황이 매우 어지러웠다. 어떡하면 좋을까.

유진은 파리해진 멤버들의 표정을 보면서 말했다.

"내가 한 잘못이야. 절대 너희들에게 피해 주지 않을게. 내가 어떻게든 할게, 뭐라도 할 거야."

유진은 그 말을 필사적으로 되뇌었다. 솔은 유진이 하는 저 말이 멤버들이 아니라 자기 자신에게 하는 말처럼 느껴졌다.

유진은 벼랑 끝에 서 있는 사람처럼 절박해 보였다. 그런 감

정은 솔도 알았다. 그래서 유진이 지금 어떤 심정인지 알 것
같았다.

솔은 유진의 어깨를 토닥였다.

"유진 형, 우린 팀이야. 팀이면 잘못한 거 메워주는 건 당연
한 거잖아. 그리고 그때 형이 그런 선택을 할 수밖에 없었던 점
도 이해해. 우리 모두 강해지는 데 급급했잖아. 마법은 약했
고, 습격은 다가왔어. 형은 그저 우리를 지키고 싶었던 거잖
아."

"하지만, 솔아. 이건 우리가 메꿀 수 있는 단순한 실수가 아
니야. 내가, 어리석어서 너희가……."

솔은 유진의 팔을 잡고 고개를 저었다.

"형, 우리는 두 집단 때문에 여태 의미 없는 싸움을 했어. 사
악한 누군가가 함정을 파고 기다렸다면, 우리는 당할 수밖에
없어. 미숙하고, 아무것도 몰랐으니까."

애초에 제일 큰 피해자는 유진이었다. 빙의 마법에 가장 괴
로워하는 사람이었다.

유진의 몸은 아직도 벌벌 떨렸다. 잘못된 빙의 마법의 후유
증은 이렇게 지독했다. 하지만 이런 고통은 아무것도 아니었
다. 자신 때문에 다른 멤버들이 고통스럽다는 게 너무나 두려

웠다.

솔은 그 모습을 보며 심각하게 고민했다.

어떻게 해야 할까. 모든 게 너무나 무거웠다.

예언과 꿈. 희망인 별의 노래와 잘못된 빙의 마법. 그리고 고통스러워하는 유진.

무거운 것들이 숨을 조였다. 절망감이 어깨를 내리눌렀다.

솔은 자기도 모르게 어깨를 꽉 쥐었다. 문득 압박감에 어깨를 매만졌던 사람이 떠올랐다.

'또 다른 나였지.'

그와 자신은 비슷한 염원을 하고 있었다. 하지만 어쩌면 그쪽이 더 무거웠을지도 몰랐다.

'정확히 이루어지는 예언을 바꾼다는 건 이렇게 무거운 일이구나.'

하지만 또 다른 자신은 결국 그 예언을 바꿨다.

솔은 이제야 알 것 같았다.

'예언가는 무모할 만큼 희망을 믿었어.'

그리고 지금 자신이 해야 할 일은, 그처럼 희망을 믿는 것이었다.

제 76화
희망을 믿는다면

솔은 떨리던 어깨에서 손을 떼며 말했다.

"유진 형, 그거 알아? 약속의 날은 가까워지고 있어. 우리는 그날에 다 함께 죽을지도 몰라. 아마 그 잘못된 빙의 마법 때문에 더 힘들어질 수도 있겠지."

솔은 애써 웃었다.

"그렇다고 나는 그 사실 하나에 매몰되고 싶지 않아. 게다가 그 사악한 존재가 그런 일을 벌인 건 우리가 괴롭기를 바라서잖아."

솔은 고개를 저었다. 그것만큼은 사양이었다.

"그 존재의 뜻대로 되는 게 싫어. 형. 괴로워하지 마. 그런 유혹에는 형이 아니라 누구라도 속아 넘어갔을 거야."

"그건 맞아. 그때 우리는 진짜 위험했잖아."

타호와 비켄, 그리고 아비스도 솔의 의견에 동의했다.

지금이야 용의 일족과 멸룡도가가 갈등하는 이유를 알게 되어 모든 것이 허무해져 버렸지만, 그때의 자신들은 정말 아무것도 몰랐다.

"잘못된 계약에 휘둘렸다지만, 우린 그 과정에서 얻은 게 많다고. 강해졌잖아. 너무 자책하지 마, 형."

멸룡도가는 잔인한 일도 스스럼없이 하는 집단이었다. 멸룡도가에 끌려갔다면, 빙의 마법으로 인한 부작용보다 더 험한 일을 당했을 수도 있었다.

솔은 유진의 어깨를 토닥이며 말했다.

"지금 우리는 조금이라도 희망을 품고 별의 노래를 준비해야 해. 절망에 빠져 있을 시간도 이제는 아까워. 그냥 그날까지 최선을 다해 보자."

유진의 어깨를 잡은 손이 조금 떨려서 금세 손을 떼었다.

솔은 말은 그렇게 했지만, 아무리 올라도 넘을 수 없는 높은 벽에 부딪힌 느낌이 들었다.

솔은 자신의 손을 내려다보았다. 계속된 훈련으로 인한 굳은살이 눈에 들어왔다.

오늘따라 스스로가 너무 나약하게 느껴졌다. 하지만 자신뿐 아니라, 멤버들 모두가 피투성이가 된 손으로 벽을 오르고 있었다. 이대로 포기할 수는 없었다.

참 어려웠다.

온 힘을 다해 올라가면, 그만큼 벽이 더 높아졌다.

그래도 솔은 주먹을 꽉 쥐고 유진을 보며 말했다.

"유진 형, 약속이야."

유진이 눈을 깜박였다. 솔은 애써 배시시 웃으며 말했다.

"다음에 뭔가를 선택하려 할 땐, 형 뒤에 우리가 있다는 걸 떠올리기로."

솔직히 이쯤 되니까, 다른 생각도 들었다.

"상황이 우리를 이렇게 힘들도록 몰아가니까 더 반항하고 싶다. 어디 한번 해보라며 맞서 싸우고 싶어. 내가 의외로 청개구리였나 봐."

솔이 반항이라니. 유진을 제외한 멤버들은 새로운 느낌에 피식 웃었다.

솔은 아직도 괴로워 보이는 유진의 어깨를 토닥였다.

"그 자식 뜻대로 되지 말자. 분명히 방법이 있을 거야. 혹시 알아, 형? 우리를 속이는 존재가 있는 만큼, 우리를 도와주는 존재가 있을지?"

솔의 말에 비켄이 농담처럼 말했다.

"뭐야. 솔 형. 그거 예지야?"

"음, 그렇다고 할까?"

"뭐야, 형."

별것 아닌 말이었지만 다 같이 조금이라도 웃었다.

유진은 자신의 잘못을 덮어주려는 멤버들을 바라보았다.

저 마음을 모를 리가 없었다. 다들 힘들지만, 자신의 짐을 최대한 덜어주려고 하고 있었다.

'나를 탓하지 않아.'

자신이 계약한 존재가 얼마나 위험한 존재인지도 모르고, 그 때문에 죽을 듯 고통스러운 후유증을 겪었음에도 오히려 자신을 걱정해주었다.

유진은 주먹을 꽉 쥐었다.

왜 이리 착한 걸까, 이 녀석들은.

유진은 자신을 속인 교활한 존재와 어리석은 선택을 한 자신, 둘 다 용서할 수 없었다.

후유증으로 인해 검게 물든 손도 보기 싫었고, 스스로가 폐를 끼치는 존재로만 느껴져 한없이 작아졌다.

그때, 탁자 밑으로 내린 손에 온기가 느껴졌다. 유진이 고개를 들자, 솔이 유진의 손을 잡고 있었다.

유진은 손을 빼려 했다. 온기가 싫은 건 아니었지만, 팔이 변형된 상태여서 스치기만 해도 생채기를 낼 수도 있었다.

"솔아, 상처 날지도 몰라."

"괜찮아. 상처가 난다 해도, 내가 형 손 하나 못 잡겠어?"

유진은 순간 아무 말도 할 수 없었다. 자신으로 인해 상처를 입는다 한들, 놓지 않겠다는 마음이 따스하게 다가왔다.

비켄은 그런 둘을 바라보다 외쳤다.

"어, 그럼 나도!"

비켄도 유진의 손가락을 잡았다. 그러자 타호와 아비스도 웃으면서 유진의 팔을 잡았다.

괴물처럼 검게 변한 팔이 온기로 가득 찼다. 유진은 다시 눈가가 뜨거워졌다.

솔이 미소 지으며 말했다.

"형이 자책하지 않았으면 좋겠어. 아마 그 교활한 놈이 원하는 것도 이런 것일 거 같으니까. 우리가 형을 탓하고, 서로 불신하고 흩어지게 되는 것."

"맞아, 유진 형. 그 녀석이 원하는 대로 해줄 수는 없지."

"최대한 대비해보자. 막막하지만, 서로를 믿고 의지하면 뭐든 할 수 있을 거야."

멤버들은 유진의 울퉁불퉁한 손과 팔에 쓸리고 베여 상처가 생기기 시작했지만, 잡은 손을 놓지 않았다.

유진은 고개를 숙였다.

유진도 그 말에 동감했다. 절망하느니, 상황에 맞서 싸워 보기라도 하는 게 훨씬 나았다.

'하지만 만약 내가 희생해서 모든 것을 되돌릴 수 있다면 그렇게 할 거야. 그 대가가 목숨이라도 상관없어.'

유진은 멤버들에게 말하진 않은 채, 홀로 다짐하며 긴 한숨을 내쉬었다.

어느새 두통과 열감은 사라진 상태였다. 유진은 바닥에 떨어진 얼음주머니를 주웠다.

유진은 시계를 바라보았다. 벌써 새벽이었다.

시간은 계속 흘러갔다.

콘서트 날짜가 점점 다가오고 있었다.

유진이 고백한 새벽 이후 선잠을 자고 일어난 스타원은 피곤한 몸을 이끌고 밖으로 나갔다.

최후의 날에 있을 공격을 대비해 최선을 다해 훈련했다. 물론 훈련 장소가 마땅치 않았지만, 최대한 용의 공격에 대비하기 위해 노력했다.

새벽녘 인적 없는 곳, 아비스가 식은땀을 흘리며 바닥에 주저앉았다.

"아, 또 안 되네."

아비스는 음악을 창조한 신수를 소환해야 한다는 사실을 들은 날부터 쭉 그 신수를 소환하기 위해 훈련하고 있었다.

아비스는 이번에는 눈을 감고 소환 마법에 집중했다.

다른 세계에서 만난 장인이 알려준 대로, 눈을 감고 감각에 집중했다.

어두운 시야 사이로 어렴풋이 느껴지는 뭔가를 부르려고 노력했다.

평소의 소환 마법이면 이쯤에서 분명히 친구들의 감각이 전해졌을 것이다. 하지만 지금 아비스의 손에 닿는 것은 아무것도 없었다.

아비스는 손을 더듬거리며 감각을 느끼려고 애썼다. 하지만 한참을 해도 마찬가지였다.

하다 보면 어느 순간, 뭔가가 인과율을 막는 듯 심장을 내리누르며 감각을 차단하는 듯한 느낌이 느껴졌다.

이것 역시 여태껏 소환 마법을 하면서 한 번도 느껴본 적 없는 감각이었다.

"하아……."

아비스는 한숨을 내쉬며 소환 마법을 멈췄다. 아무런 성과가 없는데도 마력이 많이 빠져나갔는지 다리가 후들거렸다.

옆에서 불 화살을 장전하고 있던 솔이 물었다.

"괜찮아?"

"좀 힘드네. 마력이야 회복되겠지만, 자꾸 실패한다."

주위에서 날아다니던 타와키가 아비스를 위로하듯이 삐옥거리며 울었다. 아비스는 타와키의 턱을 긁어주면서 말했다.

"이거 정말 쉽지 않은 거 같아. 정체를 안다면 좋겠어. 그러면 데려올 수 있을 거 같아."

그만큼 이번에 소환해야 하는 대상은 모호하고 어려웠다.

"우릴 도울 존재가 분명히 있기는 할 거야. 그게 누구냐가 문제지."

솔이 아비스를 위로하듯 말했다. 아비스는 고개를 끄덕였지만, 자꾸 실패해서일까, 체념하듯 말했다.

"지금까지 들은 정보만으로는 소환할 수 없어. 길조차 트이질 않는걸."

솔은 조심스럽게 말했다.

"아비스, 그런데 대가도 생각해봐야 해. 무리는 하지 마. 그런 엄청난 존재를 데려오려면 대가로 무엇이 필요할지 나는 감도 안 잡혀."

"사실 그건 각오했어. 소환을 시도할 때마다 깊은 곳에서부터 하면 안 된다고 말하는 듯이 느껴져. 돌이킬 수 없는 느낌이야. 뭔가가 이 존재와 나의 만남을 방해한다는 생각마저 들어. 그래서 망설여져. 설마 내가 소환을 못 하는 건 이런 내 망설임 때문일까?"

솔은 대답할 수 없었다. 하지만 솔도 아비스와 비슷한 걸 느꼈다. 거대한 대가가 느껴져서, 섣불리 하면 안 된다고 항상 느꼈다.

"나도 빙의 마법을 하면 안 된다고 느껴. 나에게 빙의 마법이란, 돌이킬 수 없는 무언가로 변해 버리는 느낌이야."

"맞아. 내가 아닌 느낌이 들어."

"음, 한 번도 해본 적 없어서 설명이 힘들지만, 엘프에게 빙의 마법이란 더 위험한 것 같아. 단순히 다른 존재에게 잠시 몸을 빌려주는 게 아니라 근본적인 존재 자체가 변하는 느낌이야. 그리고 그 끝은 아마……."

솔은 아비스에게 그 말을 할 수 없었다. 하지만 모든 예감이 속삭였다.

그걸 하게 된다면 꿈에서처럼 죽게 될지도 모른다고.

'하지만 멸망을 막을 수 있다면…….'

세상의 반이, 혹은 먼 훗날 세상 전부가 멸망하는 결말을 막을 수만 있다면, 아마 할 수 있을 것이다.

목숨을 걸고라도 지금의 선택을 바꾸지 않을 것이었다.

솔은 주먹을 꽉 쥐었다.

다음 날, 여지없이 아침은 다가왔다. 앞으로 무슨 일이 벌어질지 관심도 없다는 듯, 무심하게도 화창한 아침이었다.

막 태양이 뜰 때 솔은 침대에서 일어나 커튼을 젖혔다. 환한 햇살이 거실에 내려앉았다.

방금 일어난 볼퍼팅어가 눈을 비비면서 솔의 다리에 얼굴을 댔다. 솔은 그 모습이 귀여워서 볼퍼팅어를 안아 들었다.

뀨-!

오랜만에 안긴 볼퍼팅어는 귀여운 소리를 내며 솔의 품으로 파고들었다.

솔은 볼퍼팅어를 쓰다듬었다. 볼퍼팅어는 어떤 일이 벌어질지 아는지 모르는지 평소와 똑같았다.

"그거 알아? 오늘이 그날이야. 너도 지키고 싶은데……."

생각해보면 소중한 패밀리어들과도 작별할 수 있었다. 그간 정이 많이 들었는데, 그런 생각을 하니 다시금 심장이 조여왔다.

어젯밤도 잠이 오지 않았다. 아무리 초연하기로 했어도 스멀스멀 올라오는 두려움은 떨칠 수가 없었다.

그렇게 심란함에 무거운 어깨만 매만질 때 비켄이 솔의 방문을 열고 들어왔다.

바구니를 들고 서서 씩 웃었다. 그러고는 포션을 나눠줬다.

평소에 나눠주던 피로해소제였다. 다들 심신이 지쳐 있을 것을 안 것인지 말없이 손에 들려 주었다.

"결전의 날을 위해서 특별히 만들었어. 좋은 재료를 마지막이다 생각하고 모조리 때려부었지!"

스타원에게 절실하게 필요하던 것이었다. 체력도 체력이지만, 묘하게 마음에 위안이 되었다. 스타원은 모두 비켄의 포션을 먹고 잠시 쉬었다.

효과는 정말 확실했다. 피로가 풀렸는지, 온몸이 가벼웠다.

볼퍼팅어는 솔을 쳐다보며 계속 만져달라는 듯 다시 울었다.

뀨!

"아, 미안해."

솔은 웃으면서 다시 쓰다듬었다.

'이 아이들이라도 안전한 곳에 있게 해야 하는 거 아닐까?'

패밀리어는 어느 정도 주인과 의식을 공유했다. 솔의 생각을 알아챈 볼퍼팅어는 그런 생각을 하지 말라는 듯, 불만스러움을 표출하며 고개를 마구 휘저어서 큰 귀로 솔을 때렸다.

"아얏!"

볼퍼팅어는 품에서 씩씩거렸다. 꽤 화난 모습에 솔은 고개를 숙였다.

"미, 미안."

볼퍼팅어는 고개를 저었다. 끝까지 같이 있겠다는 볼퍼팅어의 의지가 느껴졌다.

솔은 쓰게 웃으면서 볼퍼팅어를 쓰다듬었다.

볼퍼팅어는 걱정하지 말라는 듯 가슴을 쑥 내밀었다. 솔은 피식 웃었다. 이 귀엽고 작은 존재가 응원하고 있었다.

솔은 그런 볼퍼팅어가 기특해서 이마를 다시 쓰다듬어주었다.

　"지키지 못할까 봐 그래. 그래도, 최선을 다할게."

제 77 화

시작된 그날

"형, 일어났어?"

그때 인기척이 들렸다. 돌아보니 아비스가 눈을 비비고 있었다.

아비스는 볼퍼팅어를 애틋하게 바라보고 있는 솔의 마음을 눈치챈 듯 말했다.

"형, 패밀리어와는 영혼의 계약을 맺는다고 했잖아. 이 아이들은 최후의 순간까지 우리와 함께할 거야."

"그 최후의 순간이, 우리가 모두 죽는 거라면……."

솔이 침울해하며 말하자, 볼퍼팅어는 다시 치겠다는 듯 귀를 세웠다.

솔도 알겠다는 듯 입을 다물었다. 아비스도 솔에게 시무룩해하며 말했다.

"볼퍼팅어는 형의 그런 생각에 섭섭해할걸. 하지만 나도 형의 마음은 알 거 같아."

아비스와 같이 온 타와키가 가볍게 아비스의 어깨에 앉았다.

걱정하지 말라는 듯 귓가에 작게 피롱거리며 울었다.

환한 햇살 아래에 있는 아비스를 보며 솔이 말했다.

"내일, 아니, 모레도 글피도, 우리가 이런 시간을 보냈으면 좋겠다."

어쩌면 오늘이 마지막이 될 수도 있었다.

아비스는 고개를 끄덕이다가 고개를 숙였다.

"솔 형, 사실 나 어제 마지막으로 남길 말들을 정리해 봤어."

볼퍼팅어를 쓰다듬는 솔의 손길이 멈췄다.

놀란 듯한 솔의 시선에 아비스는 황급히 말을 덧붙였다.

"아니, 아니. 유서 아니고 가벼운 편지글이었어. 그런데 쓰다 보니 잘 모르겠더라. 내가 누구에게 이 편지를 쓰고 있는지 말이야."

솔이 침묵하자 아비스가 씁쓸히 웃었다.

"엄마나 아빠, 형들, 아니면 아이온…… 살아남은 사람이 봐 줄 거라고 생각하면서 쓰다가 그만뒀어. 오늘 누구든 죽을 거라고 생각하는 내가 싫어지더라고."

아비스는 목이 메는지 잠시 멈췄다가 말을 이었다.

"그래서 다시 다짐했어. 반드시 모두를 지키고 싶어. 어떻게 하면 될지는 잘 모르겠지만."

아비스의 굳은 결심은 아름답지만, 조금 슬펐다.

"응, 나도 그래."

솔이 동의하자, 아비스는 조금 미소 지었다. 솔은 볼퍼팅어를 바닥에 놔줬다. 하지만 패밀리어는 솔의 기분을 아는지 발치에서 떠나지를 않았다.

"다 같이 싸우면 분명히 길이 있을 거야."

"그것도 엘프의 예감이야?"

"아니."

솔은 햇살 아래에서 환하게 웃으며 말했다.

"이건 그냥 내 바람이야. 다 한 길로 통하지만."

아비스는 이해한다는 듯 고개를 끄덕였다.

타와키가 창가에서 날개를 파닥거렸다. 찬란한 날갯짓이 햇빛을 부서뜨렸다.

마지막 날의 아침은 그렇게 시작되었다.

"후우, 후우……."

스타원은 대기실에서 숨을 몰아쉬었다. 멤버들은 묵묵히 의상을 착용했다.

솔은 의상을 확인하며 주위를 둘러보았다.

콘서트 진행요원부터 엔터테인먼트 관계자까지 대기실인데도 많은 사람으로 북적거렸다.

이번 콘서트에 앞서 스타원은 회사에 안전 조치 강화를 부탁했다. 무슨 일이 생기면 관객의 안전부터 챙겨달라고.

'너무 고집부려서 스텝들이 평소와 다르다고 수군거렸지.'

처음에 회사는 무대에서 공격받은 경험이 있는 스타원이 까탈을 부린다고 생각한 모양이었다.

멤버들을 달래듯이 준비가 잘 되었다고만 했다.

하지만 직접 확인하며 강하게 요구하자, 회사도 결국 요구를 받아들였다.

솔은 어느 때보다 많은 안전 요원들과 튼튼한 펜스를 훑어본 뒤 눈을 감았다.

사실 이런다고 해도 상황을 장담할 수 없었다. 하지만 솔은 할 수 있는 한 모든 걸 하고 싶었다.

스타원 멤버 사이사이로 스텝들이 스쳐 지나갔다.

항상 예쁜 의상을 준비해 주시는 분, 메이크업해 주시는 분, 매니저들.

최후의 날 정신없이 바쁜 일상은 마치 보석처럼 반짝거렸다.

솔은 이 모든 것이 아름다워서 더욱 지키고 싶었다.

솔은 조심스럽게 기능을 잃고 꺼져 있는 스마트 워치를 쓸었다. 모든 기능을 잃었지만, 쭉 부적처럼 느껴졌다. 그래서 멤버들 모두 항상 이 스마트 워치를 착용했다.

'매니저 DK가 남기고 간 거라서, 평범한 것은 아닐 거야.'

단순한 심증이지만, 그래서일까, 알게 모르게 위안을 받았다. 솔이 스마트 워치를 쓸자, 타호가 말했다.

"스마트 워치에 숨겨진 기능이 있을지 조사해보고 싶었는데, 챈트 마법에 대해 알아볼 시간도 부족하더라. 궁금하다. 이거 도대체 뭘까."

아비스가 말했다.

"대마법사가 준 거니까 망가졌어도 마력이 남아 있는 거 아닐까? 부적이나 액막이 인형처럼 악령을 피하고 행운을 부르는 주술적인 기능이 있다든지 말이야."

"뭐든 우릴 도와주면 좋겠네. 아, 타호야. 만약 오늘이 지나고 무사히 내일이 온다면⋯⋯."

솔은 싱긋 웃으면서 말했다.

"시간이 많아질 테니까, 타호 네가 공부하고 싶은 거 실컷 알아볼 수 있겠다."

타호는 눈을 깜박였다. 기약 없는 말에 눈가가 뜨거워졌다.

타호는 들키기 싫어 슬쩍 시선을 돌렸다.

"연구하고 싶은 게 참 많긴 하지. 마법에 대해서는 뭐든 알고 싶어. 그런데 솔 형, 형도 하고 싶은 거 있어?"

생각해본 적 없는 질문이었다. 솔은 가만히 생각해보았다. 하고 싶은 게 있긴 했다.

"아이온이랑 실시간 방송으로 5시간 소통하고 싶어. 스타원 완전체 5인, 실시간 소통 5시간!"

"아니, 나도 실시간 방송 좋아하긴 하지만, 5시간이나?"

"요즘 소통을 잘 못 했잖아. 콘서트 준비하느라 그렇다고 여겨주시지만, 사실 조금 섭섭하실 거야."

타호와 솔은 마주 보며 웃었다. 그때 메이크업을 마친 비켄이 쑥 다가왔다.

"무슨 얘기 해?"

"아, 시간 많아지면 뭐 하고 싶냐는 얘기 하고 있었어. 비켄 너는 뭐 하고 싶어?"

"음, 햇살 잘 드는 곳에서 식물들을 잔뜩 키우고 싶어."

조금 의외였다. 마법이 발현되기 전에는 전혀 없던 취미였다. 비켄은 멋쩍은지 턱을 긁적였다.

"해볼 만할 거 같아서. 보통 식물은 물만 안 줘도 시들시들하잖아. 하지만 내가 키우는 애들은 마력만 주면 알아서 잘 자랄걸. 아마 아름답게 꾸밀 수 있을 거야. 그거 만들면 다들 구경하러 와!"

솔은 웃으면서 고개를 끄덕였다. 아비스는 가만히 듣고 있다가 말했다.

"음, 그럼 나는 낮잠을 자고 싶어."

신선한 의견이었다. 아비스는 어깨를 쭉 펴더니 덧붙여서 말했다.

"푹신한 거 잔뜩 깔아놓고 다 같이 한숨 자고 싶어."

들어보니 뭔가 아비스다웠다. 솔은 마지막으로 유진에게 시선을 돌렸다. 이왕 이렇게 된 거 유진의 의견도 궁금했다. 유진은 방패를 매만지며 말했다.

"나는 훈련을 실컷 한번 해보고 싶어. 실내든 실외든 뭔가를 망가뜨릴까 봐 훈련 때는 실컷 힘을 쓰지 못해서 말이야."

"유진 형, 그간 답답했구나. 형 힘 조절 잘해서 몰랐어."

"넓고 조용한 곳에 전용 훈련장을 만들고 싶어. 대규모 안무 연습도 할 수 있고 좋겠지?"

솔은 미소를 지었다.

"다 같이 그런 장소를 꼭 알아보자. 콘서트가 끝나면 말이 야."

다들 아무 말도 못 했다. 다들 솔의 말이 어떤 의미인지 알 았다.

그동안 스타원은 최선을 다했다. 할 수 있는 것을 다 했지만, 모든 게 부족하게만 느껴졌다.

'과연 멸망을 저지할 수 있는 걸까.'

하나부터 열까지 이쪽은 어설펐고, 상대는 거대했다.

개미와 거인이 싸우는 느낌이었다.

누가 봐도 지극히 열세인 상황이 불안감을 더했다. 그래서 희망이 필요했다. 솔은 희망이 소소한 바람에서 온다고 생각 했다.

스타원의 곁에서 일상을 보내는 사람들은 여전히 아름다웠 다.

지키고 싶어서 두려웠다.

하지만 콘서트 이후의 소소한 일상을 상상하니 더욱 간절함이 생겨났다.

"할 수 있다고 믿자."

마지막이 될지도 모르는 날이었다. 시작도 하기 전에 절망할 수는 없었다.

스타원은 동시에 고개를 끄덕였다. 그리고 다들 각자의 아티팩트를 챙겼다. 유진은 방패를, 타호는 망원경을 가볍게 쥐었다. 비켄은 오랜만에 지팡이를 허공에 휘둘러 봤다.

판타지적이고 신비로운 무대 연출을 해보자며 기획팀에 제안한 것이었지만, 사실은 언제 나타날지 모르는 용의 공격에 대비하려는 방편이었다.

비켄이 웃으면서 말했다.

"이러고 있으니까, 대기실이 훈련장 같다."

"그러기에는 사람이 너무 많은데?"

"그런가. 그래도 처음에는 뭐 이런 게 도움이 되나 싶었는데, 이제는 능숙해졌어."

비켄은 묘기를 부리는 것처럼 지팡이를 휘둘렀다. 비켄이 휘두르는 방향에 따라 녹색 잔상과 반짝이는 마력의 궤적이 그려졌다.

"물론 내가 챙겨야 하는 건 얘뿐만이 아니라, 이것도 있지만."

비켄은 작은 상자도 함께 챙겼다. 솔이 이세계에서 받아 온 것이었다.

준비는 다 되었다. 소소한 대화는 곧 끝겼다.

다들 말없이 조용히 용기를 내고 있었다.

솔은 의상 주머니에서 민트색 주사위를 꺼냈다. 주사위는 이미 온기를 잃은 지 오래였다.

솔은 그런 주사위에 입을 맞췄다. 민트색 빛이 살짝 어렸다가 사라졌다.

솔은 숨을 깊게 몰아쉬었다.

어린 시절의 스타원은 대마법사의 천막에서 이 주사위로 게임을 했었다.

TRPG 게임에서는 주사위가 많은 것을 정해줬다. 그것뿐일까. 힘든 시절 위로를 주었고 신비한 인도로 스타원을 다른 세계로 데려다주었다.

솔은 이 주사위가 스타원의 여정을 이끄는 길잡이 같다고 생각했다.

그때 스텝이 이제 무대로 나가라는 사인을 했다. 솔은 주사위를 다시 주머니에 넣었다.

더는 망설이지 않았다. 그저 무모한 바람이 이루어지길 바랄 뿐이었다.

솔은 자신이 별을 좇는 모험가처럼 느껴졌다.

그동안 해온 일이 어떤 결과를 낳을지는 짐작할 수 없었다. 하지만, 기적을 바랄 뿐이었다.

스타원은 천천히 걸어 나갔다.

"와아-! 스타원! 스타원!"

무대에 가까이 갈수록 팬들의 함성이 들렸다. 스타원은 무대 뒤에서 서로를 바라보다 고개를 끄덕였다.

콘서트장에 조명이 꺼졌다.

팬들은 웅성거리다가 곧 무대에 집중했다.

타호는 눈을 감고 환상 마법을 펼쳤다.

어두운 콘서트장의 중앙에 커다란 별이 하나 나타났다. 별은 한 번 눈부시게 빛났다가 희미해졌다.

별이 빛을 잃자, 어떤 팬들은 안타까움에 신음을 뱉었다.

하지만 그것도 잠시였다.

다섯 개의 별이 무대 중앙에 나타났다. 하지만 그 별들도 곧 처음 나타났던 별처럼 빛을 잃었다.

그런 일은 몇 번 반복되었다. 별의 개수는 점점 늘었지만, 다들 처음과 같았다.

꽤 많은 별이 다시 어둠 속으로 들어간 뒤, 적막이 내려앉았다.

그때였다.

커다란 숫자가 차례로 나오기 시작했다.

5, 4, 3, 2, 1.

마침내 제로가 됐을 때, 타호는 다시 한번 환상 마법을 펼쳤다.

어둡던 곳에 수많은 별이 펼쳐졌다. 이번에는 아까와는 비교도 되지 않게 많은 별들이었다.

별들은 휘몰아치듯이 넓은 관객석에 뿌려졌다가 다시 모였다.

빛들은 스스로 파도를 타듯 길을 만들었다가 흩어졌다.

팬들은 숨소리마저 잊은 채 무대를 바라보았다. 색색의 빛들은 몇 번을 엇갈렸다가 겹쳤다.

그리고 마침내, 별들은 하나의 커다란 길을 만들어냈다.

그 순간, 조명이 켜졌다.

스타원은 살짝 높은 단상에서 무대 위로 뛰어내렸다. 조금 위험하긴 했다. 하지만 와이어 줄이 없어도 지금의 스타원은 충분히 가능했다.

노래의 전주가 서서히 울려 퍼졌다. 타호는 눈을 감고 천장 위에 가득한 수많은 별을 움직였다.

길이 되었던 빛들이 순간 사방으로 흩어졌다.

색색의 별빛은 하나씩 팬에게 다가갔다. 환상적인 마법에 대부분 팬은 라이트를 흔들면서 환호했다.

어떤 팬들은 조심스럽게 손을 내밀어 별을 모으기도 했다.

내민 손에 있는 별은 하염없이 반짝였다.

솔은 그런 팬들을 바라보았다.

별들과 팬들이 같이 빛났다. 어떤 팬들은 눈물을 흘리기도 했다. 눈가에 맺힌 눈물방울 때문에 별빛들이 더 반짝이는 것처럼 보이기도 했다.

솔은 팬들을 보며 희미하게 웃었다.

'이분들은 우리가 별이라고 하시지. 하지만 진짜 별들은 팬들이 아닐까.'

이렇게 아름다운 게 세상에 또 있을까?

우리를 좋아해줘서 고맙다는 마음이 겹겹이 쌓여서 심장이 터질 거 같았다. 웃고 울고 있는 모든 팬이 눈부셔서 슬펐다.

'지키고 싶다.'

마법이 바람으로 이루어진 거라면, 멸망 따위는 단숨에 물리칠 수 있을 텐데.

무대 위에서 타호가 손짓했다. 별들은 물러나면서 천천히 사그라졌다.

그것이 약속된 신호였다.

스피커에서 멜로디가 흐르며 음악 소리가 커졌다. 스타원은 미리 준비한 노래를 불렀다.

섬세한 목소리에 화음이 쌓였다.

첫 소절 후에 스타원은 스텝을 밟으며 앞으로 나아갔다. 관객석으로 좀 더 가까이 다가오자, 팬들은 다시 환호했다.

멜로디는 계속 이어졌다. 무대 끝까지 온 스타원은 계속 노래를 불렀다. 완벽한 호흡과 어우러진 가사에 마음이 계속 담겨갔다.

제 78 화

끝날의 밤

대마법사에게서 별의 노래에 대해 듣고 나서 스타원은 노래에 호소력이 강해졌다는 말을 많이 들었다.

노래를 할 때 희망과 진심을 담아서 부르면 별의 노래에 조금이라도 가까워지지 않을까 하는 막연한 기대감이 있었다.

'하지만 이런 방법은 아닐 거야.'

솔은 대마법사가 들려줬던 아름다운 멜로디를 떠올리며, 무대를 바라보았다.

넓은 관객석에서 팬들이 든 응원봉이 파도처럼 일렁였다.

솔은 이 모든 순간이 꿈을 꾸는 듯 느껴졌다. 영원히 깨고 싶지 않은 꿈처럼 달콤했다.

그래서, 오늘이 멸망하는 날이란 사실을 믿을 수 없었다.

'조금만 더 최선을 다하게 해줘.'

스타원을 사랑해주는 이들에게 계속 좋은 음악을 들려주고 싶었다. 멋진 춤과 무대를 보여주고 싶었다.

마법 없는 아이돌에서 시작한 뒤 지금까지 이런 마음은 항상 같았다.

첫 번째 곡이 끝나고, 스타원은 서로를 바라보며 눈짓했다.

타호가 허공에 손을 들어 올렸다.

그러자 콘서트 바닥에 로마자가 표기된 시계가 천천히 드러났다.

커다란 원형 시계에서 초침이 천천히 움직이고 있었다.

세심한 마법에 환호성은 점점 더해갔다.

타호는 그 속에서 다시 눈을 감았다.

타호는 초침을 보여주는 데 그치지 않고, 시계의 표면 아래에서 정교하게 움직이는 수많은 태엽들을 보여주기 시작했다.

정교한 기계장치들이 서로 맞물리며 시간을 흐르도록 만들어주고 있었다.

그때, 타호는 안타까워하는 눈빛으로 또 다른 형체를 만들어냈다.

검은 연기 같은 기다란 형체가 나타나, 태엽의 사이사이로 스며들어 작동을 서서히 멈추고 있었다.

검은 형체는 시계를 잡아먹을 듯이 점점 커지다가 결국 시계 전체를 뒤덮어 버렸다.

부지런히 움직이던 초침은 점차 느려지다가 결국 멈췄다.

시간을 잡아먹은 검은 형체가 으스대듯이 일렁거리다가 사라졌다.

까맣게 변색한 시계는 움직이지 못하다가 결국 천천히 사라졌다.

타호는 젖은 눈빛으로 천천히 팔을 내렸다. 멤버들도 그 환상 마법이 무엇을 뜻하는지 알아서, 씁쓸한 표정으로 그 광경을 바라보았다.

그리고 천천히 시선을 내렸고, 준비한 동선에 따라 자리 잡기 시작했다.

그때, 준비한 다음 곡이 다시 울려 퍼졌다.

스타원은 시간이 멈춘 세상에서 노래를 불렀다.

템포는 강하지만, 조금 슬픈 곡이었다. 유연한 안무와 함께하는 호소력이 짙은 노래에, 팬들은 눈물을 훔치며 라이트를 흔들었다.

솔은 군무 속에서 잠시 숨을 고를 때 팬들의 표정을 보았다. 격렬히 춤을 추느라 흐트러진 머리카락 사이로 열심히 집중하는 아이온의 눈빛이 보였다.

솔은 미소를 지었다.

무대에는 신비한 힘이 있었다. 이 위에 있으면 뭐든지 할 수 있을 것 같았다.

곡이 점점 끝나갔다. 마지막 안무를 마치고, 타호가 희미하게 웃었다. 그 모습이 전광판에 비치자, 팬들의 함성이 터졌다.

모두 이번 무대는 끝났다고 생각할 때, 타호는 다시 집중하고 연습했던 환상 마법을 펼쳤다.

사라졌던 시계 부품들이 다시 하늘 위에 생겨났다. 타호가 손을 올리자 보석처럼 빛나는 시계가 다시 나타났다.

부품들은 하나씩 빛이 나면서 작은 빛 조각을 뿌렸다.

빛 조각은 팬들에게 하나씩 내려왔다.

"와아……! 정말 예쁘다."

팬들은 함성을 지르다가 입을 막고 울기도 했다.

이런 엄청난 마법을 펼친 타호는, 좋아하는 아이온을 보며 작게 웃었다.

스타원은 콘서트를 준비하기에 앞서 내내 고민했었다. 콘서트 때 어떤 환상을 보여줘야 할까.

'이건 우리의 이야기에 대한 마법이었지.'

모든 게 부서진 채 끝나는 듯했으나, 우리의 힘으로 다시 시간을 흐르게 하는 것.

바라는 미래에 관한 환상 마법이었다.

마음 같아서는 아이온에게 세상의 모든 예쁜 것을 죄다 보여주고 싶었다.

스타원이 생각하는 팬들을 향한 마음은 항상 그랬다.

'뭐든 다 보여주고 싶은데. 다음이 있을까?'

솔은 은은하게 닿은 빛 조각을 아이온과 함께 맞으며 눈을 감았다.

'이 순간이 영원했으면 좋겠어.'

평생 이런 시간만 있다면 좋을 텐데.

"와아-!"

"멋진 호응 감사드립니다. 다음 곡은……."

함성이 울려 퍼졌다. 스타원이 마이크를 바로 하며, 멘트를 이어가려 할 때였다.

쿵.

쿵.

드럼 소리인지 다른 소리인지 모를 쿵 하는 소리와 동시에 타호의 환상 마법이 흔들렸다.

시계 환상이 형체를 잃을 듯이 일그러지기 시작했다.

솔은 하늘을 바라보았다.

쿵. 쿵.

위에서 천둥소리가 진동을 타고 반복되었다.

관객들이 웅성거렸다.

"뭐, 뭐야? 이것도 마법인가?"

"바닥이 흔들리는 것 같은데?"

그때였다.

갑자기 지진이 온 것처럼 바닥이 흔들렸다. 바닥이 움직일 때마다 비명이 더해졌다.

"꺄악-! 도, 도망쳐야 하는 거 아냐?"

한순간에 아수라장이 되었다. 솔이 고개를 들어 하늘을 바라보았다. 그때, 하늘의 색이 바뀌었다.

'붉은색…….'

사방이 온통 붉은색이었다. 그래서일까. 모든 것이 피에 물든 것처럼 보였다.

솔은 이 상황을 알고 있었다.

꿈에서 본 모습과 같았다.

파란색 하늘이 점점 붉은색으로 바뀌어갔다.

그때 구름이 휘몰아치면서 하늘 중앙에 검은 선이 그어졌다. 그 선은 순식간에 크기를 키워갔다.

"저건……."

하늘을 수평으로 자르듯이 커다래진 선이 곧 콘서트장을 향해 내려왔다.

함께 일어난 매캐한 연기 때문에 목이 아팠다. 숨이 잘 쉬어지지 않았다. 위압감에 서 있기조차 힘들었다.

계속해서 심장이 두근거렸다. 솔은 자기도 모르게 뒷걸음치려는 발걸음을 멈췄다.

모든 감각이 도망치라고 속삭였다.

거센 바람에 눈을 뜨고 있기조차 힘들었다. 하지만 솔은 앞을 바라봐야 했다.

그토록 무서워했던 거대한 존재가 눈앞에 있었다.

쿵-.

콘서트장 바닥이 더 세게 흔들렸다. 지축이 무너지는 소리가 들렸다. 바람이 휘몰아쳐서 피부를 마구 할퀴었다.

눈을 보호하려고 반사적으로 팔을 들어 막았지만, 바람만으로도 근육이 파르르 떨릴 정도였다.

"저게 뭐야?"

스텝과 팬들은 검은 용을 바라보며 경악했다. 사람들은 서로 콘서트장을 나가려 아우성쳤고, 수천 개의 발들이 서로 엉켰다.

좁은 출구에 수백 명의 사람이 모이자 펜스가 흔들거리며 넘어지기 시작했다.

하지만 스타원의 요청대로 평소보다 견고하게 만들어, 서로 밟거나 깔리는 참사는 일어나지 않았다.

솔은 필사적으로 고개를 들었다. 그토록 두려워했던 순간이 다가왔다.

'용……'

검은 용이 돔 안을 내려다보며 날개를 펼쳤다.

날개 그림자가 어른거렸다.

"아악! 비, 비켜! 비켜!"

용의 모습이 구체화될수록 사람들은 공포로 얼룩졌고, 핸드폰을 들어 용을 촬영하는 이들도 있었다.

검은 용은 그런 이들에게 관심 없다는 듯 유유히 자신이 갈 길만을 유영하고 있었다.

'아, 안 돼.'

유진은 비명을 지르는 팬들을 바라보았다. 이대로 둘 수는 없었다.

용이 활개 치며 콘서트장을 부순 탓에 출입구 몇 개는 이미 잔해로 막혀 있었다.

사람들과 안전요원은 그 잔해를 치우려고 하고 있었다. 하지만, 순간 유진은 직감했다.

아마 출입구를 통해 밖으로 나가더라도 안전하다는 보장은 없을 것이다.

'지켜야 해.'

생각하기보다 몸이 빨랐다.

유진은 바닥에 방패를 내리꽂았다. 방패가 유진의 마력을 빠르게 흡수했다. 유진은 마력을 아낌없이 주입했다.

투명한 막이 결계처럼 관중석을 감쌌다.

전사에게서 받은 방패에 담긴 방어막 능력이었다.

"으……"

하지만 마력을 심하게 써서일까. 눈가가 벌써 떨렸다. 속에서부터 뜨거운 것이 울컥 올랐다.

쿨럭-!

손바닥에 토해내니, 붉은 피가 흥건했다.

유진은 순간 비틀거렸지만, 굴하지 않고 다시 용을 바라보았다. 고통스러워할 틈도 없었다.

싸움은 이제 시작이었다.

솔을 제외한 나머지 멤버들은 바로 빙의 마법을 펼쳤다.

용은 그런 스타원을 무심하게 바라보다 붉은 불을 토해냈다.

불길이 닿은 곳은 순식간에 검게 물들었고, 타오르기도 전에 존재 자체가 지워졌다. 재도 남지 않고, 마치 그 자리에 존재하지 않았던 것처럼 사라졌다.

'만약 이 불길이 사람에 닿는다면…….'

그건 너무나 끔찍한 일이었다.

지금은 유진이 세운 결계로 사람들을 보호할 수 있었지만, 언제까지 유효할지 몰랐다.

솔은 침착하게 화살을 장전했다. 거대한 용의 모습은 두렵기 짝이 없었다.

마력으로 만들어진 솔의 화살은 시전자의 의지에 따라서 효과가 달랐다. 솔은 마음을 다잡았다.

'맞추고 싶어. 구하고 싶어.'

솔은 최대한 많은 염원과 마력을 담아서 용을 향해 쏘았다. 화살은 솔을 배신하지 않았다. 포물선을 그린 화살은 용의 날개로 날아가 정확하게 맞췄다.

하지만 그뿐이었다.

용은 잠시 균형을 잃었지만, 눈을 깜박일 뿐 곧 아무렇지도 않아졌다.

솔은 순간 깜짝 놀랐다.

'상처가 사라졌어.'

용의 날개에 난 상처는 곧 아물었다.

그리고 솔이 쏜 불화살도 용이 한 번 날개를 펄럭이자 곧바로 사라져버렸다.

그간의 전투에서, 한 번도 이런 적이 없었다.

'이런 존재에게 이길 수 있는 걸까.'

너무나 아무렇지 않은 용의 기색에 스타원은 아연했다.

용은 그런 스타원을 비웃듯이 관객석을 바라보았다. 안전요원과 몇몇 관객들이 잔해를 치우고, 대피하려고 했다.

그때, 다시 땅이 울렸다.

쿵-!

"꺄악!"

관객들은 투명한 결계 안에서 소리를 질렀다. 솔은 순간 주먹을 꽉 쥐었다.

용이 일으킨 파동에 콘서트장 기둥과 결계에 금이 갔다.

'기둥이 무너지면 안 돼!'

유진은 거대한 기둥이 쓰러지면 아래에 깔릴 사람들을 바라보았다.

결계가 충격은 막을 수 있을지도 몰랐다. 하지만 결계에도 금이 가기 시작했고, 유진은 벌써 한계였다.

쿵-!

다시 한번 땅이 울렸다. 왼쪽 기둥이 흔들려서 콘서트장이 휘청거렸다.

이대로라면 완전히 무너질 것이다.

비켄은 서둘러 손바닥을 땅에다 댔다. 초록빛이 손바닥에서 뿜어져 나왔다.

갈색 덩굴들이 벽을 타고 올라갔다. 덩굴들은 계속 뻗어 올라가 콘서트장 천장을 대신 받쳤다.

비켄은 손을 떼고 숨을 몰아쉬었다. 다른 손에 들고 있던 나무 지팡이가 작게 진동했다.

'이 지팡이가 없었으면 절대 못 했을 거야.'

천장이 무너지는 건 겨우 막았다. 비켄은 용을 바라보았다. 그러곤 용기를 내어 외쳤다.

"거대한 도마뱀아. 어디 해보자고!"

용의 미간이 일그러졌다. 눈동자가 데록 굴러 비켄을 향했다.

비켄은 말한 즉시 후회했지만, 물러서지 않았다. 나름대로 계획이 있었다.

'나는 공격보다 방어를 잘하니까, 내가 도발하는 게 나아.'

용이 자신에게 잠시 눈을 돌린다면 사람들을 좀 더 대피시킬 수 있을 것이었다.

하지만 비켄의 바람이 무색하게도 용은 다시 관객석을 향해 고개를 돌렸다.

'안 돼!'

쏴악!

용은 관객석을 향해 불을 내뿜었다. 비켄은 급히 지팡이에 마력을 실었다.

'유진 형의 방패로만 막기에는 힘들 거야!'

지팡이는 다시 한번 빛을 내뿜었다.

거대한 덩굴은 순식간에 자라서 불길을 막았다. 비켄은 최선을 다해서 겨우 막았지만, 마법으로 키운 덩굴은 순식간에 까맣게 비워졌다.

또 소멸한 것이다.

용의 눈동자가 획 돌아갔다. 솔은 순간 느꼈다. 이 용은 스타원이 팬을 지키려는 걸 파악했다.

그리고 그런 스타원을 비웃고 있었다.

'이 용이 콘서트장 전체를 소멸시키는 건 굉장히 쉬울 거야. 하지만 어디 한번 해보자는 듯, 기다리고 있는 것 같아.'

용은 마치 비웃듯이 스타원을 농락하고 있었다.

용의 의도를 알고 있음에도 솔이 어쩔 수 없이 다시 화살을 장전할 때였다.

크오오-!

용은 작게 울면서 날갯짓했다. 세찬 바람이 부딪혔다.

쿨럭-.

용의 바람이 영향을 주었는지, 유진은 다시 피를 울컥 토해 냈다. 그걸 본 솔은 서둘러 화살을 쏘았지만, 화살은 빗나갔다.

그때, 바람을 견디기 위해 중심을 낮추고 있던 비켄이 당황했다.

'이런!'

작은 상자를 담아 둔 가방이 바람에 휩쓸려 날아가버렸기 때문이었다.

솔은 거의 기다시피 바닥에 납작 엎드려, 가방을 되찾기 위해 기어갔다.

키야악-!

그러는 중에도 용의 포효와 날갯짓은 계속되었다.

지잉-.

용의 포효는 이명을 불러왔다. 순간, 비켄은 균형을 잃은 채 비틀거렸다. 결계 안에 있는 관객들 몇 명은 귀를 막은 채 쓰러졌다.

이제 정말 시간이 얼마 남지 않았다.

제 79 화

유진의 망설임

용은 날갯짓을 멈추지 않았고, 바람은 점점 거세어졌다. 스타원은 이제 서 있기조차 힘에 부쳤다.

"윽……."

그렇게 얼마나 견뎠을까.

한참을 불던 바람이 겨우 멈췄다. 바람을 막던 팔을 내리자, 온몸에 생채기가 가득했다.

지진과 바람에 무대는 이미 넝마가 되어 있었다.

스타원은 용의 힘을 실감했다.

용은 그저 농락할 뿐이었다. 하지만 스타원은 모든 힘을 다 쏟아내고 있었다. 상대는 도저히 이길 수 없는 존재였다.

'하지만 여기서 주저앉을 수 없어.'

솔이 다시 침착하게 화살을 장전할 때였다. 앞을 걸어가던 비켄이 주저앉았다.

"크윽!"

"비켄!"

비켄은 어깨를 부여잡았다. 가시 돋친 부위가 미친 듯이 뜨거웠다.

'벌써?'

솔은 황급히 주위를 둘러보았다. 비켄뿐만이 아니었다. 자신을 제외한 모든 멤버가 아파하고 있었다. 빙의 마법의 고통이 한꺼번에 닥친 것이다.

솔은 필사적으로 생각했다. 이럴 때는 어떻게 해야 할까.

피를 토하고 있던 유진은 고열 속에서 눈을 깜박였다. 흐릿한 시야 사이로 화살을 장전한 채 어쩔 줄 모르는 솔의 모습이 보였다.

'빙의 마법의 부작용은 내가 저지른 계약 때문이랬지.'

"만약…."

그 계약을 돌릴 수 있다면. 그렇게 해서, 멤버들이 아프지 않고 빙의 마법을 성공적으로 수행해 많은 이들을 지킬 수 있다면.

내가 무엇을 줄 수 있을까.

유진은 솔의 말을 떠올렸다. 다른 세계에서 만난 예언자의 말에 따르면 본래 빙의 마법은 이렇게 고통을 주는 마법이 결코 아니라고 했다.

'그러니까, 결국은 내 잘못이야.'

최선을 다해서 적을 상대해도 시원치 않았다. 하지만 결국 가장 중요한 시점에서 자신이 그르친 일이 모든 사람을 덮쳤다.

어째서 이렇게 피해를 주는 걸까.

'만약 이 고통이 거둬져 조금 더 싸울 수만 있다면……'

뭐든지 할 거야. 제발. 안 돼. 더는 고통을 주는 건 싫어.

이전엔 힘을 얻기 위해선 뭐라도 줄 수 있었지만, 지금은 세상을 구하기 위해서, 소중한 이들을 지키기 위해서 무엇이든 버릴 수 있었다.

'내가 죽어도 좋으니 제발……'

유진은 고통 속에서 신음하며 몸을 뒤틀었다.

희미한 시야 사이로 그나마 상태가 괜찮은 솔이 열심히 화살을 쏘고 있는 게 보였다.

화살은 정확하게 날아갔지만, 용의 날갯짓에 빗나가기 일쑤였다.

솔이 입술을 깨물며 다시 화살을 장전할 때였다.

유진에게 익숙한 목소리가 귓가에 울려왔다.

《진짜? 되돌릴 거야?》

머릿속이 혼탁해졌다. 웅웅거리는 듯한 목소리가 들렸다.

열 때문인지, 목소리 때문인지 알 수 없었다.

유진은 뜨거워진 이마를 짚었다.

《계약은 파기할 수 있어. 하지만 대가는 네 목숨이야.》

목소리가 감미롭게 느껴졌다. 매우 유혹적이지만, 슬프고 두려운 제안이었다.

《너 하나만 사라지면, 저들이 안 아플 수 있어. 혹시 알아? 세상을 구하지 못하는 게 네 탓일지.》

"쿨럭!"

유진은 다시 피를 왈칵 토했다. 비릿한 피 냄새 속에서 용과 멤버들을 바라보았다.

솔은 여전히 혼자 애썼고, 남은 멤버들은 고통에 신음하면서도 용을 공격하려 했다.

'누구보다 구원을 원했으면서 사실은 내가 가장 큰 방해물이었을지 몰라.'

유진은 천천히 말했다.

"그, 그렇게······."

하겠다고 말하고 싶었다. 하지만 불현듯 솔이 했던 말이 떠올랐다.

'약속해줘. 다음에 뭔가를 선택하려 할 땐, 형 뒤에 우리가 있다는 걸 떠올리기로.'

유진은 떨리던 입술을 멈췄다. 그리고 작게 피식 웃었다.

솔아, 너는 이런 것도 미래에서 본 거니?

솔은 예언자이기 이전에 좋은 리더였다. 늘 멤버들의 말에 귀 기울였고, 멤버들 각자가 어떤 상태인지, 무슨 생각을 하는지 모두 알고 있었다.

새삼 솔이 대견했고, 이런 말을 쉽게 하려 했던 자신도 원망스러웠다.

다시 한 번 기회가 온다면 기꺼이 목숨을 바쳐 계약을 되돌릴 거라고 다짐했었다. 하지만 솔과의 약속이 떠올라 입이 떨어지지 않았다. 가쁜 숨소리가 몸을 울렸다.

망설임이 점점 길어졌다.

유진이 그렇게 고민하고 있을 때, 비켄은 고통스러움을 참으며 가까스로 일어났다. 어깨가 쪼개지는 듯이 아팠지만, 여기서 이러고 있을 새가 없었다.

비켄에게는 할 일이 있었다.

'찾아야 해.'

비켄은 필사적으로 주위를 둘러보았다. 하지만 건물 잔해로 가득한 무대에서 날아간 가방을 찾는 건 쉽지 않았다.

아무리 둘러봐도 보이지 않았다. 간절함에 심장이 터질 거 같았다. 그렇게 미친 듯이 둘러볼 때였다.

빠─!

어디선가 익숙한 울음소리가 들렸다. 비켄은 그쪽으로 고개를 돌렸다가 자기도 모르게 움찔했다.

패밀리어인 조롱박 곰이 가방을 안고 엎드려 있었다. 저 아이가 날아간 것을 가지고 있었다. 하지만 건물 잔해에 다쳤는지 움직이지를 못했다.

'조롱박 곰아······.'

비켄에게 소중한 것이라는 사실을 알고 있는 듯, 작은 패밀리어는 바람에 몸이 떠밀리는 것도 잊은 채 가방을 꼭 껴안고 있었다.

안쓰러움이 샘솟았다. 비켄은 아픈 어깨도 잊고 바로 다리를 움직였다.

하지만 그쪽으로 바로 가기가 힘들었다. 용이 준 충격의 여파로 바닥이 무너진 탓이었다.

하지만 비켄은 그곳으로 가야 했다. 설사 바닥에 칼날이 깔려 있다고 해도, 기어갈 수 있었다.

비켄은 고통스러운 몸을 움직여서, 조롱박 곰이 있는 곳으로 갔다. 다리에 힘이 풀려도, 바닥을 긁으면서도 갔다.

그때, 용의 눈동자가 움직이는 비켄을 향해 돌아갔다.

데록-.

비켄은 또다시 바닥에 나동그라졌다. 상처로 뒤덮인 피부 위로 새로운 상처들이 생겨났다.

비켄은 아랑곳하지 않고 나아가려고 했다. 하지만 넘어지고 나서야 알았다.

몸이 움직이지 않았다.

비켄은 그 힘에 저항하듯이 꿈틀거렸다. 하지만 그럴수록 알 수 없는 힘이 몸을 더욱 거세게 옥죌 뿐이었다. 비켄은 이를 악물고 공중의 용을 바라보았다.

용은 비켄의 몸을 조이면서도 여유롭게 솔의 화살을 피했다.

옥죄는 힘은 점점 강해졌다. 그 순간 비켄은 숨이 막혔다. 조여오는 힘이 어느 순간 목을 졸랐다.

숨을 쉴 수 없었다. 아무리 버둥거려도 힘은 풀리지 않았다.

'안 돼······.'

의식이 점점 흐려졌다. 점점 모든 게 희미하게 보였다.

비켄이 마지막으로 몸부림을 칠 때였다. 갑자기 조여오던 힘이 약해졌다.

"컥!"

비켄은 숨부터 정신없이 토해냈다.

"커억, 컥, 꺽······."

비켄은 급하게 숨을 들이쉬며 몸을 빼냈다.

마력이 느껴지는 방향을 바라보니, 타호가 심안을 틔워 용의 힘을 끊어내고 있었다.

하지만 임시방편일 터였다. 빙의 마법의 고통 탓에 타호가 막아 주는 데도 한계가 있을 것이었다.

비켄은 쉬지 않고 정신없이 잔해 속을 나아갔다. 하지만 넝마가 된 몸으로 무너진 바닥을 헤쳐가는 것 또한 쉽지 않았다. 비켄은 철근 하나를 밟고 넘어졌다.

"윽!"

얇은 철근이 비켄의 정강이를 뚫고 있었다. 아득한 고통이

다가왔다.

하지만 고통에 몸부림칠 시간이 없었다. 넘어졌지만, 일어나
야 했다.

애써 몸을 일으키려고 했을 때 알았다. 발목도 이상하게 뒤
틀려 있었다. 비켄은 그래도 아랑곳하지 않고 팔로 땅을 짚고
나아갔다.

'타호가 힘들게 만들어준 기회야.'

"기회야, 기회. 지금 아니면 안 돼."

비켄은 계속 중얼거리며 바닥을 끌며 나아갔다.

"해야 해. 나밖에 못 하는 일이야. 그러니까……."

할 수 있어.

비켄은 그렇게 중얼거리며 끊임없이 몸을 옮겼다.

그렇게 얼마나 기어갔을까.

비켄은 겨우 조롱박 곰에게 다가갔다. 조롱박 곰은 비켄을
보며 작게 울었다.

빠—!

비켄은 조롱박 곰을 달래듯이 희미하게 웃었다. 비켄의 생
각을 아는지, 조롱박 곰은 가방을 고개로 밀었다.

비켄은 가방 지퍼를 열었다. 손이 떨렸지만 멈추지 않았다.

나무상자에는 상처 하나 없었다. 비켄은 오직 상자를 여는 데 집중했다.

솔은 이 상자가 마법의 대가를 잠시 상쇄시킬 거라고 했다.

비켄은 상자를 힘을 줘서 비틀었다. 곧 상자의 뚜껑이 열렸다.

열린 상자가 희미하게 빛났다.

'아…….'

약했던 빛은 점점 강해졌다. 하얀 빛줄기는 돔 천장에 부딪혀 빙글빙글 돌면서 기하학적인 마법진을 만들어냈다.

무너진 콘서트장 한가운데에 화려한 마법진이 펼쳐졌다. 용은 그것을 가볍게 쳐다보았다.

스타원 모두 화려한 빛에 눈을 깜박일 때였다.

돔 전체에 낮은 목소리가 울려 퍼졌다.

《스스로를 버리지 마라. 삿된 것에게 쉽게 현혹될 셈이냐.》

목소리의 주인이 누구인지는 알 수 없었다.

비켄은 주위를 둘러보며 목소리의 주인을 찾았다. 의외로

답은 빨리 나왔다.

날개를 다친 타와키가 어느새 비켄의 옆에 날아와, 삐옥 하고 알려줬기 때문이었다.

타와키의 몸에 하얀 뱀이 목걸이처럼 둥글게 말려 있었다.

《드디어 내 목소리를 듣는군. 전사의 피를 가진 이여, 그 존재의 말을 믿지 마라. 네 목숨을 끊는 것이 그 존재의 목적이다.》

스타원은 순간, 뱀이 말하는 상대가 누구인지 찾았다. 전사의 피를 가진 이라면 유진이었다.

그런데, 목숨을 끊는다니.

멤버들은 일제히 유진을 바라보았다. 설마 유진이 죽으려고 했다는 것인가.

하얀 뱀의 말에 누워 있던 유진이 느릿하게 눈을 깜박였다.

치열하게 갈등하던 마음이 단숨에 소강되지는 않았다. 하지만 속도가 느려도, 자신의 선택이 우발적이었다는 것을 점점 깨닫게 되었다.

현혹에서 좀 벗어나자, 다시 주위가 보였다. 유진은 뱀이 있는 쪽으로 천천히 고개를 돌렸다.

《현혹되지 말고, 똑바로 생각해라. 그 존재가 바라는 것을 들어주면 안 된다.》

비슷한 말을 솔이 했었다. 분명히 기억에 있었다.

'그 사악한 존재가 그런 일을 벌인 건 우리가 괴롭기를 바란 거잖아.'

자각한 순간, 속삭이던 사악한 목소리가 욕설을 뱉어냈다.

《젠장! 저 방해꾼은 뭐야!》

《젠장, 젠장, 다 왔는데!》

날카로운 칼로 귀를 긁는 듯한 목소리는 쉼 없이 욕설을 내뱉었다.

유진은 숨을 들이켰다. 정신이 맑아지자, 상황이 명확하게 보였다.

《저 몸을 빼앗고 임무를 완수할 수 있었는데! 이깟 세상이야 망하든 말든, 네놈의 몸이 더 가치 있게 쓰일 일이 있었다, 이 어리석은 놈아! 쓸모없는 버러지 같은 것들. 건방지게 저항이나 하면서 버티는 구더기 같은 놈들. 아아, 나는 또 얼마의 세월을 기다려야 하나…….》

유진은 조금 웃었다. 자신을 속이려고 했던 존재가 애가 타는 게 느껴져서일까.

웃고 있는 유진의 등 뒤로 거대한 흰 고양이의 실루엣이 일그러졌다. 번뜩이는 오드아이와 날카로운 이빨이 섬뜩했다.

《다 소용없어! 너희의 저항은 여기까지야! 그런다고 멸망을 막을 수 있을 거 같아?》

결과는 그럴 수도 있었다. 아직 용에게 변변찮은 공격 하나 할 수 없었다.

하지만 그래도 괜찮았다. 끝까지 포기할 수 없었다.

'지키고 싶으니까.'

팬도, 멤버들도. 다.

할 수 없을지도 모른다. 하지만 끝이 오기 전까지는 정해진 것이 없다.

'그러니까 내 의지조차 뭐라 하지 말라고. 빌어먹을 운명도, 멸망도 다 말이야.'

유진은 고개를 들었다. 귓가에 목소리가 요란하게 울렸지만, 점점 약해졌다. 마침내 요란한 목소리도, 위협적인 실루엣도 사그라들었다. 유진은 숨을 토해냈다.

멍해진 의식이 돌아오자, 다시 토혈이 올라왔다. 그럼에도 유진은 다시 공격할 자세를 잡았다. 아직도 몸은 빙의 마법 때문에 고통스러웠다. 하지만 몇 번은 더 움직일 수 있었다.

유진이 서서히 몸을 일으켜 용을 노려볼 때였다.

용의 눈동자가 굴러가더니, 거칠게 몸을 털었다.

쿵-!

하얀 뱀의 말에 용기를 얻은 스타원은 다시 반격을 준비하며 자세를 잡았다. 용은 그런 멤버들을 보며 입을 벌리고 포효했다.

크오오!

단지 울부짖을 뿐인데도 엄청난 위압감이 다가왔다. 스타원은 본능적으로 알았다. 이제 용의 장난은 끝이었다. 아마 다음 공격은 막을 수 없을지도 몰랐다.

하지만 스타원은 포기하지 않았다. 모두 다시 무기를 고쳐 잡았다. 솔은 다시 화살을 장전하며 염원했다.

'부디, 이들을 지킬 수 있기를.'

그때였다. 천장에 띄워진 마법진이 진동했다. 하얀빛은 기다렸다는 듯 눈부시게 빛났다가 사그라졌다.

무슨 일이 일어났는지 영문을 알 수 없었다. 거대한 용이 포효하던 입을 벌린 채로 멈춰 있었다.

그 거대한 용이 움직이지 못하고 있었다.

《내가 잠시 시간을 벌었다.》

하얀 뱀은 멈춘 용을 힐끔 보다가 말했다.

《아주 잠시지만 말이야.》

'용뿐만이 아니야.'

투명한 결계 안에 몸을 웅크리고 있던 관객도, 떨어지던 잔해들도 움직이지 않았다.

무너진 콘서트장에서 스타원을 제외한 모든 것이 멈춰져 있었다.

이 모든 것을 일으킨 하얀 뱀이 말했다.

《잠시 시간을 벌었지만, 얼마 못 버틴다. 운명의 소년들이여, 멸망을 저지하고 싶다면, 내 말을 들어라.》

제 80 화

소환과 대가

하얀 뱀은 타호를 바라보았다. 타호는 무리한 빙의 마법으로 인해 피눈물을 흘리고 있었다.

《지혜를 이은 자여, 내 아버지인 코아틀을 이 세상에 불러와라.》

영리한 타호는 상황 판단이 빨랐다.

'별의 노래에는 빙의 마법이 필요하다고 했어. 그 수단 중 하나려나?'

타호는 망설이지 않았다. 코아틀이란 존재에 대해 듣는 순간, 퍼즐 조각이 맞는 듯한 희열까지 느껴졌다.

타호는 내재한 힘을 바로 끌어왔다. 익숙하지만 늘 새로운 고통이 다가왔다.

내면 속 아주 깊은 곳까지 파고들어야 했다. 타호가 계속해서 심상 세계로 파고들며 힘을 끌어올리자, 곧 한계에 부딪혀 숨이 막혔다.

"크흡, 끅……!"

호흡이 가빠왔다. 정신을 잃을 것 같았다.

'이게 맞는 걸까? 아니야. 상관없어. 맞지 않아도 할 거야.'

하얀 뱀은 시간이 없다고 했다. 빨리 이 모든 것을 해치우고 싶었다.

자신이 헤매지 않을수록, 시간의 여유가 생길 테니 말이다.

그때 목소리가 들렸다.

《초조해하지 마라. 잘하고 있다. 괜찮다. 호흡을 조절하고 더 나아가라.》

길잡이가 있으니 왠지 안심되었다. 타호는 침착하게 몸 안에 있던 힘을 갈무리했다.

그 순간, 힘이 갑자기 터질 듯이 솟아올랐다.

갑자기 쏟아지는 힘에 타호는 주춤거렸다.

본능적으로 느껴졌다.

'이 힘을 끌어내면, 나는 중요한 것을 잃을지도 몰라. 나의 정체성까지 위협받는 것 같아.'

큰 희생을 요구하는 힘이었다. 어쩌면 이지를 잃을지 몰랐고, 자신으로 돌아오지 못할 수도 있었다.

하지만 타호의 망설임은 잠시뿐이었다.

'하지만 그러지 않으면 나뿐 아니라 모두의 미래는 없어.'

타호는 멈추지 않았다. 그리고 심호흡을 하며 고개를 들었다. 왜일까. 마지막으로 멤버들을 보고 싶었다.

다들 엉망이었다. 하지만 자신을 보는 눈빛에는 염려가 가득했다.

타호는 희미하게 웃으며, 내면에서 솟구치는 힘을 끌어냈다. 깊은 곳에서부터 뜨거운 것이 솟아올랐다.

갑자기 눈에 까만 어둠이 덮어 씌워졌다. 부서져 있던 조명을 끝으로 시야에 아무것도 잡히지 않았다. 오직 아득한 어둠만이 보였다.

유일하게 소리만 들려왔다. 조금씩 들려오던 소리마저 이명에 묻혀 갔다.

심연으로 가라앉는 듯한 느낌이 계속되었다.

그때, 피부 밖으로 뭔가가 밀려 나왔다.

타호의 얼굴에 비늘이 올라왔다. 이윽고 타호와는 다른, 완전한 빙의된 존재가 주위를 둘러보았다.

코아틀이었다.

세상의 모든 지혜를 가지고 있다는 환수, 코아틀.

하얀 뱀은 똬리를 풀고, 타와키에서 내려와 아버지를 향해 나아갔다. 코아틀은 하얀 뱀을 자연스럽게 들어서 손바닥에 얹었다.

그들은 잠시간 눈을 마주쳤다. 코아틀은 모든 것을 알았다는 듯 숨을 길게 뱉어냈다.

그는 타호의 입을 빌려서 말했다.

이질적인 목소리가 공간을 지배했다.

"별의 노래란, 가장 순수한 자가 부르는 용의 진명이다."

사람의 목소리임에도 쉭쉭 거리는 소리가 섞여 나왔다.

드디어 밝혀지는 별의 노래의 의미에 스타원은 용을 상대하는 것도 잊고 집중했다.

"별의 노래를 부르면, 용은 다시 잠들 것이다."

여기까지는 아는 내용이었다. 솔은 멈춰 있는 용을 바라보았다.

저 압도적인 존재가 잠이 들 수 있다면 뭐든 할 수 있었다.

"타락한 존재도 회복될 수 있다."

유진이 입가에 묻은 피를 닦으며 그의 말을 들었다.

코아틀은 계속 지혜를 읊었다.

"하지만 별의 노래를 부를 수 있는 이는 많지 않다."

코아틀은 솔을 바라보았다.

"별의 노래를 선창하는 건, 오직 가릉빈가만이 가능하다."

가릉빈가.

솔은 예언가가 했던 말을 떠올렸다.

'음악을 창시했다고 전해지는 신수.'

그런 이름이었구나.

그때, 하얀 뱀이 말했다.

《가릉빈가는 최상급의 신수다. 오직 가장 신성한 엘프족을 통해서만 빙의할 수 있다.》

하얀 뱀의 말에 멤버들은 솔을 바라보았다. 하지만 모두 알고 있었다. 솔은 타 종족 빙의를 하면 피가 오염되는 엘프의 성질을 지니고 있었다.

가릉빈가를 몸에 담으면 죽음을 맞이하게 될지도 모른다.

솔은 주위를 둘러보았다. 멈춘 시간 사이로 팬들과 자신을 걱정하는 멤버들의 모습이 보였다.

'다들 너무 소중해.'

소중한 사람들을 지키려면 무엇을 못 할까. 저들을 위해서라면 뭐든 상관없었다. 엘프에게 타 종족 빙의의 힘은 금지였지만, 솔은 아랑곳하지 않았다.

사실 예감했었는지도 모른다. 금기에 대해 듣는 순간, 언젠간 이런 순간이 다가올 거란 걸 말이다.

솔은 웃으면서 천천히 힘을 끌어 올렸다.

기능을 다한 줄 알았던 스마트 워치는 희미하게 빛을 내며 솔의 마법을 도왔다.

힘은 점점 나아갔다. 안에 있던 것이 하나씩 부서졌다. 결국 돌이킬 수 없는 지점에 와 닿았다.

솔의 미소는 더 진해졌다.

'정말 괜찮아. 너희들을 지킬 수 있다면 말이야.'

기다려왔던 순간이었다.

무섭지 않은 건 아니었다. 이걸 깨트리면 뭔가가 확연히 변할 거란 걸 알았다.

하지만 이건 희망이었다.

무엇을 못 할까. 기껏해야 자신이 부서지는 것뿐이다.

솔은 눈을 감았다. 혈관을 타고 뭔가가 꿈틀거리며 퍼져나갔다.

그것은 뜨겁고 아렸다. 지금이라도 관두라는 듯 경고했지만, 솔은 멈추지 않았다.

힘은 점점 세를 불렸다. 뜨거운 것은 더해져서 솔의 몸을 잠식했다.

"으윽……!"

점점 더 힘에 부쳤다. 쉽지 않았지만 포기할 수 없었다.

솔이 마지막으로 힘을 끌어올렸을 때였다. 솔의 의식은 뒤로 물러나고, 뭔가가 깨어났다.

솔의 눈동자가 파란빛으로 빛났다.

솔이 아닌 다른 존재가 깨어났다. 음악을 창시한 존재는 엘프의 피 안에서 눈을 떴다.

가릉빈가는 희미한 음을 노래했다. 속삭이는 것처럼 작게 울리는 음이 솔의 목소리를 통해서 나왔다.

솔은 가릉빈가의 의식 뒤편에서 그 멜로디를 떠올렸다.

기억에 있는 노래였다. 어린 시절, 대마법사의 천막에서 듣고 따라 불렀던 바로 그 노래였다.

가릉빈가가 별의 노래를 선창했다. 신수의 선창은 멈춘 시간 사이로 퍼져나갔다.

다른 멤버들도 희미한 멜로디를 들으며 따라 부르려고 시도 했다.

하지만 소리가 너무나 작았다. 이것으로 안 될 것 같다는 생각을 할 때, 하얀 뱀은 용을 힐끗 바라보았다.

그때, 천장에 있던 마법진이 부서졌다. 마치 유리가 깨지듯이 하얀 빛조각이 바닥으로 떨어져서 사라졌다.

멈춰 있던 시간이 다시 흐르기 시작했다.

크아악-!

용은 다시 위협적으로 울음소리를 내며 스타원을 바라보았다. 유진은 용이 이 모든 것을 알고 있을 거라 생각했다.

약이 바짝 올라 있었다. 여태까지는 장난이었을지도 모르지만, 지금은 아닐 것이다.

포효를 마친 용의 동공이 가늘어졌다. 그리고 한 발짝 스타원을 향해 나아갔다.

용은 거대한 입을 벌렸다.

어떤 공격이 나올지는 몰랐다. 유진은 재빨리 앞으로 나아갔다. 비켄도 마법 지팡이를 휘두르며 힘을 끌어올려서 덩굴을 만들었다. 모든 패밀리어들도 용을 막으려고 달려들었다. 하지만 스타원은 알고 있었다.

이 공격을 막기는 힘들 것이다.

용은 제일 앞에 서 있던 쟁을 물어서 던졌다. 쟁은 뼈를 보인 채 부서진 조명 아래 던져졌다. 날개를 다친 타와키는 힘껏 튀어 올라서 용의 눈을 쪼려고 했지만, 용의 날카로운 발톱에 치워진 지 오래였다.

아비스는 다른 친구들을 소환했다. 하지만 용은 모든 것들을 손쉽게 짓밟았다.

그러는 와중에도 별의 노래가 희미하게 들렸다. 희망인 노래가 너무나도 작았다.

'이대로는 안 돼.'

아비스는 직감했다. 노래하는 것을 도울 존재가 절실하게 필요했다.

'내가 만약, 이 존재를 소환한다면⋯⋯.'

수없이 시도했지만 아직도 막연했다. 하지만 아비스는 확신했다. 지금 자신이 그 '존재'를 소환하면 수세에 몰렸던 상황이 나아질 것이다.

'생각해야 해.'

그 존재가 어떤 것일까.

멸망을 저지하려는 우리를 도와줄 구원자.

'정체만 알아도 조금 나을 텐데.'

멈춰 있던 시간은 다시 움직였지만, 조언해줄 이는 아직 남아 있었다. 아비스는 하얀 뱀을 바라보았다. 시선이 마주치자 하얀 뱀은 이 모든 것을 예상했다는 듯 눈을 감았다가 떴다.

하얀 뱀의 목소리가 울려 퍼졌다.

《사념체다. 작은 희망을 절실히 바라던, 온갖 기도의 집합체지.》

아비스는 하얀 뱀을 바라보았다. 여전히 막연하긴 했지만, 이 정도만 알아도 실마리를 잡을 수 있었다.

사념체.

희망에 희망을 더한 존재.

아비스는 그가 생각하는 희망과 가까운 존재를 떠올렸다.

먼저 멤버들이 눈에 들어왔다. 다들 고통 속에 피를 흘리고 있었지만, 여전히 각자의 아름다움을 잃지 않고 있었다.

그리고 관중석을 보았다. 몇몇 팬들은 갑작스러운 격동에 놀란 와중에도 스타원이 피해를 입을까 염려하며 객석을 떠나지 않고 있었다.

참혹한 상황 속에도 모든 것이 아름다웠다. 어쩌면 이렇게 여기에 있는 자신이 행운처럼 느껴질 정도로 말이다.

아비스는 그 모든 얼굴들과 따스한 시선들을 눈에 담고 눈을 감았다.

수없이 시도했던 소환이지만, 지금은 달랐다.

사념체. 기도의 집합체.

이제 막연하지 않았다.

아비스가 상상하며 힘을 끌어 올리자, 눈앞의 존재가 희미하게 형체를 이루며 빛을 냈다.

하얀 뱀은 그런 아비스에게 말했다.

《운명의 소년이여, 마법은 대가가 있다.》

그건 아비스도 잘 알고 있었다. 하지만 연연해하지 않았다. 이미 빙의하여 몸과 마음이 망가져 있는 타호와 솔을 봤다. 형들도 이미 한 일이었다. 그래서 아비스도 할 수 있었다.

차원의 문이 서서히 열렸다. 그럴수록 심장이 쥐어짜듯이 아팠다. 여태껏 느껴왔던 고통과는 차원이 달랐다. 게다가 이건 결코 돌이킬 수 없었다.

"윽!"

감각이 속삭였다. 여기서 포기하면 아픔은 순식간에 가시겠지.

'하지만 희망은 사라져.'

아비스는 고통에 지지 않았다. 극심한 통증 속에서 아비스
는 손을 내밀었다.

아비스는 소환의 기본을 생각했다.

'나 자신이 지표가 되어서 길을 연다.'

아비스는 그 존재에게 이리 와달라고 속삭였다.

'나는 기다려왔어.'

별의 노래에 관한 이야기를 들었을 때부터, 이 존재를 만나
고 싶었다. 성공한 적은 없어도 기대는 되었다.

너는 어떤 존재일까.

아비스의 심장이 터질 듯 옥죄어왔다. 바람만큼이나 저항도
극심했다. 소환이 막연한 적은 있었지만 이토록 힘든 것은 아
비스도 처음이었다.

그래서일까. 의심되었다.

'혹시 그 존재는 나를 거부하는 걸까?'

작은 씨앗처럼 뿌려진 불신은 순식간에 불어났다.

'만약 그렇다면 어떡하지. 혹시 내가 할 수 없는 건가? 내 능
력이 부족한가? 왜 나는 타호 형이나 솔 형처럼 하지 못하지?
안 돼. 지키고 싶은데, 그래야 하는데⋯⋯.'

아비스가 평소엔 의식조차 하지 않던 의구심이 점점 더해갔

다.

점점 부정적인 생각에 빠지자, 겨우 열리나 했던 차원의 문이 좁아지기 시작했다.

당황해서 주위를 둘러보자, 하얀 뱀이 보였다. 하얀 뱀은 아비스를 돕기 위해서 뭐라고 말하는 것 같지만, 들리지 않았다. 오히려 다른 소음이 들리기 시작했다.

어떤 존재가 킬킬거리며 웃는 소리가 들렸다.

《너도 네가 무능력한 걸 아는구나?》

뜬금없는 목소리에 머리를 쥔 아비스에게 그 존재가 계속해서 속삭였다.

《네 잘난 친구들과 형들에게 항상 보호만 받았지. 그런 네가 인제 와서 뭐라도 할 수 있을 거 같아?》

아비스는 주먹을 꽉 쥐었다. 유진을 현혹하며 몰아넣던 존재가 바로 이것인 듯했다.

하지만 그 존재의 말을 무작정 무시할 수는 없었다. 늘 강한 형들에게 보호만 받던 어리광쟁이처럼 느껴지던 적이 있었다.

지금도 다른 형들과 다르게 꼭 필요한 사념체를 불러내지도 못하고 있었다. 스스로가 걸림돌처럼 느껴졌다.

오히려 숨겨 오던 자신의 심연을 들춰낸 존재에게 안정감을 느끼고, 의지하고 싶은 마음마저 들었다.

'이러면 안 되는데……'

차원의 문이 점점 희미해졌다. 모든 감각이 차단되었다. 아무것도 보이지 않았다. 어떤 것도 들리지 않았다.

제 81 화
미래의 선택

텅 빈 공간에 홀로 갇힌 것 같았다.

고통이 느껴지지 않았다. 그래서일까. 괜스레 편했다. 눈을 감고 한숨 푹 자고 싶었다.

아주 만족스러웠다. 이렇게만 있으면 아무 걱정이 없을 것이다. 어쩌면 모든 것이 충만할지도 모른다.

비슷한 감각을 느껴본 적 있었다.

'미궁에서……'

그때, 악령에게 현혹되었을 때, 타와키가 울어서 자신을 깨웠었다.

'하지만 깨고 싶지 않아.'

아비스는 희미하게 웃으며 마음의 문을 닫았다.

'깨우지 마. 지금이 편해.'

너희가 진짜 나를 위한다면 날 내버려둬야 해.

《그래. 잘하고 있어. 너도 하고 싶은 대로 할 수 있는 사람이란 걸 보여줘.》

달콤한 목소리가 귓가를 간질였다.

온몸에 힘이 빠졌다. 영원히 이렇게 있고 싶었다. 태초로 돌아간 듯했다.

빙의 마법으로 인해 고통스럽지 않았던 게, 아주 오래전의 일처럼 느껴졌다. 갑자기 느껴진 편안함에 아비스가 몸을 쓸어내릴 때였다.

뭔가가 손에 걸렸다. 아비스는 손목을 매만졌다. 대마법사가 준 스마트 워치였다.

어둠 속에서 민트색 스마트 워치가 빛났다. 그 순간, 작은 마법진이 펼쳐지더니 부드럽게 아비스를 덮었다.

'아⋯⋯!'

정신을 깨우는 듯한 상쾌한 민트 향에 아비스의 이지가 순식간에 되살아났다. 편안함에서 벗어나자마자 익숙한 고통이 다가왔지만, 차라리 이편이 낫다고 생각했다.

왜 그런 생각을 했을까. 순식간에 다 포기할 뻔했다.

'현혹됐어.'

아비스는 스마트 워치를 쓰다듬었다. 그러고 보면 그때 타호가 말했었다. 주술적인 기능이 담겨 있을지 모른다고.

늘 우리 곁에서 몰래 지켜주던 매니저 DK, 아니, 선대 대마법사는 또 무슨 행운을 담아줬을지 모른다고.

'악령을 피하고, 행운을 부르고……'

마법진은 아직도 아비스를 감싸고 빙글빙글 돌았다. 대마법사가 미리 준비한 안배일 것이다.

아비스는 그 간절한 마음을 다시금 되새겼다.

아비스는 입술을 깨물었다. 그리고 이번에는 손을 내밀었다.

손 위로 민트색 빛이 쏟아졌다. 손등에 닿는 간지러운 빛을 느끼며 다시 소환에 집중하자, 서서히 차원의 문이 다시 열렸다.

《젠장!》

무엇이든 줄 수 있을 것처럼 달콤하던 목소리는 순식간에 날 서게 변해 욕설을 내뱉다가 멀어졌다. 이제 저 목소리는 들려도 상관없었다. 아비스는 그 존재를 만날 준비가 되어 있었다.

차원 너머로 흐릿하게 보이는 인영이 아비스를 향해 손을 내밀었다. 하얀 손길이 드디어 느껴졌다.

아비스는 주저 없이 그 존재의 손을 잡았다. 순간, 심장이 부서지는 것이 느껴졌다.

'이게 대가구나.'

아픔 때문에 순간 정신을 잃을 뻔했지만, 아비스는 포기하지 않았다.

아비스는 그 존재의 손을 잡아당겼다.

그 순간, 드디어 그 존재는 부서진 콘서트장으로 올 수 있었다.

검붉은 하늘에 오로라처럼 민트빛 너울이 펼쳐졌다. 눈부신 빛은 마치 세상을 정화하듯이 넓게 퍼졌다.

온 세상에 민트색 빛이 쏟아졌다.

순간 시간이 멈춘 듯했다. 관중석의 팬들도, 거칠게 포효하던 검은 용도 멈춘 채 뜻밖의 빛에 놀라워했다.

솔은 눈부신 빛 사이로 아비스가 소환한 존재를 바라보았다.

기억 하나가 떠올랐다. 솔은 이 빛을 알고 있었다.

'항상 나를 구원해준 존재.'

연습실에서도, 악몽에서도. 위험할 때마다 언제나 나타났었다.

빛 속에서 그 존재는 점점 형상화되었다.

항상 우리를 도와줬던 존재.

하얀 뱀이 속삭였다.

《그래, 영원의 소녀야.》

소녀의 모습을 띤 빛은 눈을 떴다.

솔은 사랑스러운 존재를 바라보았다. 드디어 이 존재를 확인했다.

'영원의 소녀.'

민트색 빛은 눈부시게 빛났다. 아비스의 손을 잡고 온 소녀는 스타원을 향해 미소 지었다.

눈빛만 봐도 알았다. 말하지 않아도 충분히 전해졌다.

솔은 눈을 감았다. 그리고 아직도 희미하게 울려 퍼지는 가룽빈가의 선창에 목소리를 더했다.

전혀 부를 수 없었던 멜로디는 어느새 익숙한 듯 입술에 감기기 시작했다.

빛으로 된 소녀는 가룽빈가를 따라서 노래를 불렀다.

목소리가 겹쳐지자, 화음이 울려 퍼졌다. 무너진 콘서트장에 별의 노래가 스며들어갔다.

세상에서 제일 따스한 노래가 있다면 이런 것일까.

맨 처음 우주가 생길 때 세계를 채웠다던 가장 아름다운 멜로디가 힘을 더해갔다.

민트색 빛은 점점 강해졌다. 빛이 커질수록 노래는 점점 더 수월해졌다.

들리는 대로 노래를 따라 부를 수 있는 이들이 늘어났다.

목소리가 점점 더해졌다.

어느덧 그 자리에 있는 모두가 한목소리로 부를 수 있게 되었다.

영원의 소녀, 가릉빈가에 빙의한 솔, 상자를 들고 있는 비켄, 온몸에 비늘이 돋아난 타호, 심장을 잡은 채 주저앉아 있는 아비스, 죽음을 택하기 직전이었던 유진.

모두 목이 터져라 합창했다. 군중이 하나가 되어, 목소리가 파도처럼 타고 흘렀다.

아름다운 멜로디는 돔 콘서트장을 넘어서 바깥으로까지 퍼져 갔다.

노래는 공기를 타고 나아가, 세계에 퍼졌다. 민트색 빛은 비로 바뀌어 쏟아져 내리기 시작했다.

음률을 타고 나아간 빗줄기는 세상에 퍼진 혼탁한 영혼을 진동시켰다.

이것은 정화였다.

별의 노래는 세상을 깨끗이 씻어내고 있었다.

스타원의 빙의로 인한 고통은 점점 희석되어 갔다.

그토록 거대했던 용은 세상이 정화되는 모습을 한차례 둘러보곤 천천히 눈을 감았다.

마치 어미의 자장가를 듣는 것처럼 잠잠해진 채 서서히 작아졌다.

'아…….'

작아진 용은 한번 콘서트장 하늘을 휘돌고 결국 사라졌다.

엄청난 기적이 펼쳐졌다. 정해져 있던 비극적인 결말을 바꾸었다.

유진이 팔을 쓰다듬을 때, 쓰러졌던 아비스가 자리에서 일어났다. 타호는 어느새 비늘이 사라진 채로 눈을 깜박였다. 잃었던 시야가 점점 돌아왔다.

도대체 영원의 소녀의 정체가 무엇이길래 이런 엄청난 일을 할 수 있는 걸까.

솔은 울음을 참으며 스타원을 걱정하는 팬들의 얼굴을 바라보았다.

눈물을 머금고 있지만, 위험에서 벗어난 것을 아는 듯 스타원을 향해 환하게 웃어 주고 있었다.

왜일까. 솔은 이번에도 알 것 같았다.

영원의 소녀는 항상 고맙고 지키고 싶었던 존재와 닮아 있었다.

하얀 뱀이 말했다.

《모든 것은 준비돼 있었다. 너희가 그 뜻을 이루는지가 관건이었지. 이 소녀는 이곳에서 수천 번을 죽었던 이들의 사념체다. 이들은 변함없이 너희들을 응원했지.》

하얀 뱀의 목소리가 점점 작아졌다. 솔은 영원의 소녀를 바라보았다.

정해진 운명을 곧이곧대로 받아들이지 않은 건 소년들뿐만이 아니었다.

지키고 싶었던 존재들에게 기적 같은 도움을 받을지는 몰랐다.

스타원은 믿을 수 없었다. 너무나 기뻤다. 어쩌면 용을 물리친 것보다 더한 기적인지도 몰랐다.

스타원을 향한 애정과 믿음이 긴 시간을 건너 여기까지 닿았다.

용이 사라진 하늘은 황금색으로 일렁거렸다. 영원의 소녀는 한순간 빛났다가 점점 희미해져 사라져 갔다.

스타원은 사라지는 영원의 소녀를 향해 손을 흔들었다.

하늘이 아무 일도 없었다는 듯 다시 원래의 모습으로 돌아왔을 때, 스타원은 서로를 바라보았다.

그리고 웃으면서 동시에 팬들을 향해 고개를 돌렸다.

스타원은 자신들을 믿어 준 하나하나의 별들에게 고개를 숙였다.

"와아-!"

방금까지 용의 등장으로 무서웠을 텐데도, 아랑곳하지 않는 듯한 팬들의 환호성이 들렸다.

쿵쿵, 쿵쿵!

아까와는 다른 울림이 무대를 통해 전해져 왔다. 음악의 전주가 흘러나오고 있었다.

멤버들도 익숙한 듯 곧바로 자리를 잡았다.

다섯 소년은 근사한 무대를 펼치기 위한 서막을 다시 올리기 시작했다.

콘서트가 끝난 후.

콘서트에서 있었던 일로 모든 언론이 들끓었다. 용, 빙의한 멤버들, 그리고 전투를 촬영한 사진과 동영상들이 일파만파 퍼져나갔기 때문이었다.

콘서트 현장에서 그 모든 일을 겪었던 이들은 그것이 멸망을 벗어나려는 스타원의 싸움인 걸 알았지만, 대부분의 세상 사람들은 믿지 않았다.

용은 마법으로 만들어낸 가짜 존재이며, 노이즈 마케팅을 위한 수단이었다는 의견이 지배적이었다.

온갖 매체에서 난리였지만, 의외로 관심은 빨리 사그라들었다. 더 엄청난 일이 벌어졌기 때문이었다.

용이 잠든 후에 블랙 워터의 시추량이 비약적으로 줄었다는 속보가 뉴스를 잠식했다. 당장에 활용할 에너지원이 없어진 세상은 대체 친환경 에너지 개발에 집중했다.

그 모든 상황 속에서 스타원은 아무 말도 하지 않았다.

스타원은 입장 표명을 원하는 소속사에도, 팬들에게도 딱 하나의 메시지만 남겼다.

"우리는 앞으로도 우리가 할 수 있는 일을 최선을 다해서 하겠습니다."

여전히 자세한 설명을 요구하며 음모론을 퍼뜨리는 사람들이 있었지만, 사람들의 관심은 금세 다른 곳으로 옮겨갔다.

그렇게 석 달이 지나갔다.

콘서트를 끝으로 공식적인 활동은 없었다. 하지만 할 일은 많았다.

솔은 텅 빈 숙소를 바라보았다.

"형, 빨리 와!"

"응. 가야지."

아비스의 부름에 솔은 천천히 숙소 밖으로 나갔다.

스타원은 그 뒤로 또 숙소를 옮겼다. 이삿짐을 다 싸고, 막 나가려던 참이었다.

새 숙소는 방도 더 많고, 보안도 철저하다고 했다. 스타원은 수긍했다. 세계 각국의 매스컴을 상대하는 건 적은 경호 인력으로는 한계였으니까.

여기서 재밌는 점은, 이사 방법이 보통 사람들과 조금 달랐다.

솔은 밴에 올라타면서 말했다.

"나 아직도 믿기지 않아. 타호가 마법으로 이삿짐을 옮기다
니 말이야."

"공간 이동이랄까. 마법진 연구하다 보니까 되더라."

타호는 벚꽃이 가득 핀 차창 밖을 보면서 말했다. 처음보다
는 관심이 줄었다고 생각했지만, 아직인 모양이었다. 곳곳에
기자들이 잠복하고 있는 게 보였다.

기자들은 스타원의 밴이 나타나자 우르르 몰려왔다. 솔은 살
짝 바람을 일으켜서, 그들을 감싸 안고 안전한 곳에 내려놨다.

그간 수없이 하느라 어쩔 수 없이 익숙해진 마법이었다.

스타원은 새 숙소로 들어갔다. 숙소 안에는 타호가 옮겨 둔
짐들이 고스란히 들어가 있었다.

멤버들은 시시콜콜 잡담하기 시작했다.

"우리 콘서트 끝나고 나서 한 삼 일은 잠만 잤지."

"자고 일어나서 뭐 먹고, 다시 잤어."

비켄이 말하자 아비스가 살짝 웃으며 고개를 끄덕였다.

한 닷새쯤 지나서야 겨우 정신이 들었다. 공식적인 활동이

없는 덕에 스타원은 제일 하고 싶었던 일을 했다. 바로 미뤄뒀던 휴식을 몰아서 취하는 것이었다.

"맛있는 것도 잔뜩 먹었지. 그나저나 타호만 있으면 배달업계에 혁명이 일어날 거야."

다시 옮길 필요도 없이 가지런히 정리된 짐을 보며 솔이 말했다.

타호는 고개를 저었다.

"이 능력은 당연히 숨길 거야. 기자들 상대하는 것도 힘든데, 물류 업계까지 더할 필요는 없잖아."

솔은 씩 웃으면서 말했다.

"그건 그래. 모든 게 끝나면 타호 너는 마법 공부 안 할 줄 알았는데, 이렇게 새로운 마법도 하게 되고, 대단하네. 지겹지 않아?"

"나도 그럴 줄 알았는데, 알면 알수록 마법의 세계는 신기하고 놀랍더라. 오히려 싸우지 않아도 된다고 생각하니까 더 깊이 탐구하고 싶어졌어."

타호의 마법 능력은 날이 갈수록 발전했다. 타호가 영리한 건 진작에 알고 있었지만, 설마 최후의 날 하얀 뱀의 목소리를 듣게 해 준 상자를 분석해서 공간 마법을 터득할 줄은 몰랐다.

솔은 낯선 세계에서 만났던 이들이 한 말을 떠올렸다.

"그리고 보니, 시간이 지나면 타호는 엄청난 마법사가 될 거라고 했어. 그 말이 맞나 봐."

솔의 말에 타호가 햇살처럼 싱긋 웃었다.

산뜻한 바람이 살랑이는 오후였다.

제82화

어느 맑은 날의 오후

유진은 창가에 앉아 기자들을 바라보며 말했다. 낮은 목소리가 울려 퍼졌다.

"저들은 우리가 이런 마법을 자유자재로 사용하는 것을 인정하고 싶지 않은 거야."

"어, 무대에서 이미 많이 보여주지 않았나?"

"어디서나 있잖아. 사실을 보여줘도 안 믿는 사람. 뭐, 어쩌면 두려울지도 모르지."

솔은 유진의 말에 동의했다.

"사실 믿지 않아도 상관없어."

"맞아. 우리는 계속 마법을 할 테고, 아이온에게 좋은 걸 보여주고 싶으니까."

"나도."

스타원은 서로를 보며 작게 웃었다.

새 숙소를 걸어다니며 곳곳을 구경하기 시작했다.

"넓다."

"채광도 좋아."

"밖에서는 안 보이는 특수 유리로 제작되었다고 하더라."

거실과 부엌을 구경하던 솔이 막 다른 방의 문을 열려고 할 때였다.

타호가 급히 외쳤다.

"잠깐!"

"왜, 왜 그래?"

타호는 소파에 앉아서 씩 웃었다.

"내가 전날 미리 짐 옮겨 놓은 거 알지? 그런데 그뿐만이 아니야. 각자의 방에 특수한 장치를 해 놨어."

"뭐, 뭘 했는데?"

"열면 알 거야. 일단, 아비스 방부터 가보자."

"나? 응."

아비스는 순순히 자신의 이름이 붙은 방에 다가갔다.

"처음에는 꼭 네가 열어야 해."

"무슨 장치를 해놨길래 그래?"

아비스는 평소처럼 손잡이를 내렸다가, 순간 아무 말도 못 했다.

당연히 평범한 방인 줄 알았다. 하지만 방 문 너머에 있는 건 마치 낙원의 한 조각 같은 곳이었다.

"도대체, 이게 다 뭐야?"

싱그러운 풀밭이 끝없이 펼쳐진 공간이었다. 중앙에는 돌로 된 분수가 보였고, 따뜻한 햇살을 담은 듯한 넓은 침대가 여기 저기 놓여 있었다.

꽃들은 담뿍 향기를 내뿜고 있었다. 아비스는 방에 들어서 자마자 환히 웃으며 친구들을 불러 모았다. 소환수들은 새로 운 공간에 뛰어가서 곳곳에 자리를 잡았다.

솔은 타호를 향해 물었다.

"뭘 어떻게 한 거야?"

"공간 마법진을 연구하다 보니까 이게 되더라. 방 주인이 원하는 공간을 만들 수 있어."

아비스의 소환수들은 침대에 눕거나 분수에서 물을 튀기며 놀았다. 진짜 천국 같은 곳이었다.

너무나 놀라운 마법에 유진이 중얼거렸다.

"타호는 물류 쪽만 원하는 게 아닐 거 같다. 부동산 쪽도 원

할 거 같아."

"진짜 기적 같은 마법이다."

타호는 막상 찬사를 들으니 부끄러운지 고개를 저었다.

"그런데 저쪽에서 물건을 가지고 나오지는 못해. 일종의 환상 마법이랄까? 아비스, 침대에 있는 베개 던져 봐."

아비스는 베개를 가져와서 문 쪽으로 던졌다. 베개는 투명한 벽에 부딪히듯이 튕겨 나왔다.

"아, 밖으로 가지고 나가는 건 안 되는구나."

"원래 이 세계의 물품은 괜찮아."

"어쨌거나 고마워. 정말 예쁜 곳이다. 그런데 다른 방은 어떤데? 빨리 보고 싶어."

아비스는 웃으면서 방 밖으로 나왔다. 타호가 어깨를 으쓱하며 말했다.

"내 방부터 볼래?"

"좋지. 궁금하다. 어떤데?"

타호는 자신의 방 문을 열었다. 다른 멤버들은 순간 아무 말도 하지 못했다. 뭐랄까, 이곳은······.

"타호답긴 하다."

중세 도서관 같은 공간이었다. 천장까지 온갖 책들이 꽉꽉

채워져 있었다. 중앙에는 온갖 자료를 쌓을 수 있는 거대한 책상이 있었다.

그곳에는 이미 타호가 연구한 것들이 즐비했다.

솔이 도서관에 있는 책들을 보면서 말했다.

"도대체 이 많은 책을 어디서 구했어?"

"다른 세계에 있는 책들까지 최대한 끌어모았어. 책들을 소환하는 건 아비스의 힘을 빌렸지."

타호의 말에 아비스가 어깨를 으쓱했다. 언제 자기들끼리 이런 것까지 준비하고 있었는지 새삼 놀라웠다.

타호는 자신의 해석본 노트를 솔에게 건네줬다. 조심스럽게 펼쳐 봤지만, 복잡한 암호문 같았다.

솔은 아무 의미도 해석할 수 없었다.

"이거 어디서 잃어버려도 아무도 무슨 말인지 모를 거 같아."

유진은 책장에 꽂힌 책들을 보면서 말했다.

"여기에 있는 책들은 어떤 내용이야?"

"내가 공부하고 싶은 마법들에 관한 학술서야. 그런데 아마 내 수준에 맞는 책들만 있을 거야."

"맞춤형 문제 같은 거구나."

"응. 마법 능력이 발전할수록 더 어려워지더라."

타호는 펼쳤던 노트와 책을 다시 책상에 놓았다.

"내 방은 이만 됐고, 다른 방 가보자. 다음은 유진 형!"

유진은 고개를 끄덕였다. 스타원은 다 같이 타호의 방에서 유진의 방으로 이동했다.

유진이 방문을 열자, 낯익은, 하지만 익숙한 곳이 보였다.

"콜로세움이잖아."

자세히 보면 드래곤 피크의 그곳과 다르긴 했다. 하지만 훈련 구조물들이 똑같았다.

"역시 훈련하기에 이곳만 한 데가 없지. 타호, 뭘 좀 아는구나."

유진은 만족한 듯 허수아비들을 쓸었다. 타호는 엄지를 척 세워주었다.

훈련할 장소가 마땅치 않아서 매일 야산으로 나가던 유진이었다. 방 안이 콜로세움인 게 썩 어울렸다.

유진은 방패를 콜로세움 한쪽에 놓으며 말했다.

"이따 실컷 훈련해야지. 다음 방 가자."

"이번에는 내 방 가자!"

비켄은 바로 앞장섰다. 멤버들은 바로 비켄 뒤에 일렬로 서서 따라갔다.

비켄은 조롱박 곰을 안고 방문을 열었다.

"와……."

감탄이 저절로 나왔다. 비켄은 바로 자신의 공간으로 뛰어들어갔다.

"여긴 정원인가?"

동화 속에 있을 법한 정원이 그곳에 있었다. 아직 비켄이 아무것도 심지 않아서, 정원은 구조만 있었지만 온화한 바람이 불어왔다.

"유리 온실도 있다."

투명한 유리에 햇살이 내려왔다. 비켄은 팔짱을 끼면서 말했다.

"와, 이런 거 만들고 싶었는데. 온실에서만 키울 수 있는 약초도 있으니까. 타호야, 진짜 고마워. 여기서는 뭐든 키울 수 있을 거야."

온실 옆에는 작은 오두막이 있었다. 문을 열어보자, 포션을 만들 수 있는 실험 도구가 가득했다.

"와, 이런 것까지 준비하다니. 타호야, 너 뭘 한 거야. 나 천국에 온 거 같아."

타호는 피식 웃었다. 그러고는 마지막으로 솔을 향해 돌아섰다.

"마지막은 솔 형 방이야."

"기대된다."

"나는 솔 형의 방이 제일 궁금해. 우리는 이런 공간이 필요하다는 걸 알았지만, 솔 형은 아니었잖아."

비켄이 말하자, 솔은 고개를 끄덕이며 자신의 방을 향해 갔다. 사실 솔 자신도 궁금했다. 내가 원하는 공간이 과연 어떤 것일까.

솔은 설렘을 가득 안고 방 문을 열었다.

"아……."

드러난 공간을 본 솔은 웃음을 참을 수 없었다.

풀밭 뒤로 언덕이 펼쳐져 있었다. 특이한 건 낮이 아니라 밤이라는 것이었다.

밤하늘에는 별이 가득했다. 게다가 온갖 천체망원경들이 즐비했다.

솔은 자신조차 잘 몰랐던 바람을 이 공간에서 알았다.

"맞아. 난 별을 읽고 싶었어. 별은 모든 걸 알고 있는 거 같아서. 고마워, 타호야."

볼퍼팅어가 솔의 발치로 깡충 뛰어왔다. 볼퍼팅어는 넓은 공간이 기분 좋은지, 귀를 연신 쫑긋거렸다.

솔은 그런 볼퍼팅어를 안아 들고 별빛이 쏟아지는 드넓은 초원을 바라보았다.

발밑으로 부드러운 풀의 감촉이 느껴졌다. 솔은 바닥에 풀썩 앉았다. 그러자, 다른 멤버들도 하나둘 옆으로 다가와 옹기종기 모여 앉았다.

고개를 들어 밤하늘을 바라보자, 유독 빛나는 별들이 눈에 띄었다.

스타원은 별들을 잠시 바라보다가 고개를 내려 서로를 바라보았다.

별빛 때문일까. 마주한 눈빛이 유달리 빛나 보였다.

시원한 바람이 불었다. 나뭇잎이 흔들리는 소리를 들으며 솔은 미소 지었다.

"그거 알아? 우리가 끝날이 오기 전에 바랐던 것을 거의 다 이루었어."

내일이 오기를 그토록 바랐다. 간절한 바람 속에서 온 내일은 생각보다는 현실적이었지만 더 환상적이기도 했다.

유진이 그런 솔을 빤히 보다가 말했다.

"그러네. 솔이 라이브 방송만 하면 진짜 다 이루는 거네."

"아, 다섯 시간 라이브 방송한다고 했지?"

스타원은 서로를 보며 웃었다.

"무슨 콘셉트로 방송할까. 기획팀과 회의부터 해야 할 거 같은데?"

"안 그래도 그거 의논해야 해. 우리, 앞으로의 앨범 콘셉트 같은 것도 생각해 봐야 하고 말이야."

"회사에서는 하고 싶은 거 다 하라고 하니까 오히려 못 고르겠어."

현장에 있던 스텝들이 많아서일까. 회사 내에서 스타원은 거의 영웅이었다. 요즘은 무슨 의견이든 무조건 좋다고 해서 스타원이 당황할 지경이었다.

"팬들을 기다리게 할 수 없지. 슬슬 활동하자."

"좋아."

그토록 바라던 마법 아이돌이 된 이후로, 마법을 제대로 써 보지도 못한 채 이런저런 일에 시달렸었다.

이제는 정말로 팬들을 위한 마법을 연구하고, 좋은 무대를 보이기 위해 노력할 때였다.

오히려 온갖 풍파에 부딪혀서인지 마법 실력은 비약적으로 늘어난 부분이 있기도 했다.

그때 비켄이 작게 중얼거렸다.

"세상, 구할 만하구나."

"픕."

"푸하하!"

그 순간, 스타원은 나오는 웃음을 숨길 수 없었다. 그렇게 멤버들은 그 자리에서 한바탕 웃었다.

소중한 사람들이 모인 환상적인 공간에서 솔은 다시 한번 별을 바라보았다. 사실 별을 읽고 싶다는 건 막연한 소망에 가까웠다.

하지만 순간, 밤하늘에 별이 하나 빛났다. 그 순간 감이 왔다.

"우리 앞으로 계속 행복할 것 같아. 그런 예감이 들어."

솔은 멤버들을 향해 고개를 돌렸다. 멤버들은 눈이 동그래진 채 솔을 바라보고 있었다.

"아니, 사실 그냥 내 확신인지도 몰라. 그래서 나는 이런 우리의 기쁨을 사랑하는 팬들과 같이하고 싶어."

스타원은 콘서트장에서 만났던 '영원의 소녀'를 떠올리며 고개를 끄덕였다.

초원에 앉은 채 잠시 아무것도 하지 않고 시간을 흘려보냈다. 서늘한 바람이 머리칼을 간질였다.

정확하게는 기억나지 않지만 무척 따스하게 느껴졌던 별의 노래를 흥얼거렸다.

"자, 그럼 이제 거실로 나갈까?"

솔이 먼저 툭툭 털며 자리에서 일어났다. 그러자 다른 멤버들도 차례로 일어나기 시작했다.

"웃차."

"여기에 있으니까 시간이 얼마나 흘렀는지도 모르겠네."

아비스가 끙끙거리며 일어나려 하자, 유진은 가볍게 아비스의 팔을 잡아주며 말했다.

"그러게. 배고프다."

비켄이 말했다. 솔은 고개를 끄덕이며 타호를 향해 말했다.

"우리 뭘 먹어야겠다. 오랜만에 라면 끓여 먹을까? 타호야, 여기 전기는 들어오지?"

순간 타호가 발걸음을 멈췄다. 멈춰 선 등 뒤로 확실히 느껴졌다. 이런 엄청난 것을 준비한 타호답지 않게 당황하고 있다는 게 말이다.

"아니, 그게. 아, 사실 모르겠어. 환상 구현하는 데만 급급해서 말이야. 그것도 연구해볼게."

"전기를 연구하다니. 타호야, 현실을 사는 법도 알아야지."

유진이 피식 웃으며 방에서 나가, 거실 불을 켜며 말했다.

"어, 전기 잘 들어오네."

타호가 어벙벙한 채 말했다. 환상에서 급하게 현실로 돌아오자, 다들 기다렸다는 듯 웃음이 터졌다.

그렇게 스타원은 한참을 웃었다.

어느 맑은 날의 오후는, 그렇게 지나갔다.

〈별을 쫓는 소년들〉 THE END

별을 쫓는 소년들 7

WITH +OMORROW × +OGETHER

2023년 12월 20일 초판 1쇄 발행

기획/제작	HYBE
공동기획	WEBTOON

발 행 인 | 정동훈
편 집 인 | 여영아
편집국장 | 최유성
편   집 | 양정희 김지용 김혜정 김서연
디 자 인 | DESIGN PLUS

발 행 처 | (주)학산문화사
등   록 | 1995년 7월 1일
등록번호 | 제3-632호
주   소 | 서울특별시 동작구 상도로 282 학산빌딩
편 집 부 | 02-828-8988, 8836
마 케 팅 | 02-828-8986

ISBN 979-11-411-2003-0 03810
ISBN 979-11-411-1996-6 (세트)

값 9,800원